Bianca

D0406362

Abby Green
El poder del destino

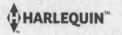

Editado por HARLEQUIN IBÉRICA, S.A.
Núñez de Balboa, 56
28001 Madrid

© 2014 Abby Green
© 2014 Harlequin Ibérica, S.A.
El poder del destino, n.º 2320 - 2.7.14
Título original: When Falcone's World Stops Turning
Publicada originalmente por Mills & Boon®, Ltd., Londres.

I.S.B.N.: 978-84-687-4477-3
Depósito legal: M-9993-2014
Editor responsable: Luis Pugni
Impresión en Black print CPI (Barcelona)
Fecha impresion para Argentina: 29.12.14
Distribuidor exclusivo para España: LOGISTA
Distribuidor para México: CODIPLYRSA
Distribuidores para Argentina: interior, BERTRAN, S.A.C. Vélez
Sársfield, 1950. Cap. Fed./ Buenos Aires y Gran Buenos Aires,
VACCARO SÁNCHEZ y Cía, S.A.

Prólogo

RAFAELE Falcone miró el ataúd que estaba en el fondo de la tumba. La tierra que habían echado estaba esparcida por encima, junto a las flores que habían dejado amigos y conocidos. Algunos, hombres muy apesadumbrados. Al parecer, era cierto el rumor de que Esperanza Christakos, una mujer despampanante, había tenido amantes durante su tercer matrimonio.

Rafaele tenía sentimientos encontrados, al margen de la pena que sentía por la muerte de su madre. Nunca habían estado muy unidos. Ella siempre había sido una mujer esquiva y melancólica. Y guapa. Lo bastante guapa como para que su padre se volviera loco de pena cuando ella lo abandonó.

Era el tipo de mujer que tenía la capacidad de hacer que los hombres perdieran el sentido de la dignidad. Algo que nunca le sucedería a él. Un hombre centrado en su carrera profesional y en reconstruir el impero de la familia Falcone. Las mujeres bellas no eran más que una diversión. Ninguna de sus amantes esperaba de él algo más que pasar un buen rato en su compañía.

Solo en una ocasión, había estado a punto de dejarse cautivar por una mujer, pero era una experiencia que no le gustaba recordar.

Alexio Christakos, su hermanastro, se volvió hacia

él con una sonrisa tensa. Rafaele sintió una presión en el pecho. Quería a su hermanastro, pero la relación entre ambos no era fácil. Para Rafaele había sido duro ver cómo su hermano se criaba con el apoyo incondicional de su padre, algo muy diferente a la manera en que él se había criado. Durante mucho tiempo, había sentido rencor hacia su hermano y, el hecho de que su padrastro demostrara antipatía hacia él, por no ser hijo suyo, no había sido de gran ayuda.

Los dos hombres se volvieron y se alejaron de la tumba, pensativos. De su madre habían heredado el color verde de sus ojos, aunque los de Alexio tenían un tono más dorado que los de Rafaele. Él tenía el cabello de color castaño y Alexio de color negro.

Los dos eran hombres altos, pero Rafaele tenía la espalda más ancha. Ese día, una barba incipiente cubría su rostro y, cuando se detuvieron junto a los coches, Alexio le hizo un comentario al respecto.

–¿Ni siquiera has podido asearte para el entierro?

–Me he despertado demasiado tarde.

No podía explicarle a su hermano que había buscado el consuelo momentáneo de una mujer ardiente de deseo para no tener que pensar en cómo se sentía tras la muerte de su madre. Ni recordar cuándo ella abandonó a su padre, años atrás, dejándolo destrozado. Su padre todavía estaba dolido y no había querido ir a presentar sus respetos a suexmujer, a pesar de que Rafaele había intentado convencerlo para que fuera.

Alexio negó con la cabeza y esbozó una sonrisa.

–Increíble. Solo llevas dos días en Atenas... Ahora comprendo por qué querías quedarte en un hotel y no en mi apartamento.

Rafaele dejó de pensar en el pasado y miró a su

hermano arqueando una ceja. En ese momento, se acercó a ellos un desconocido que había llegado tarde al entierro.

Era un hombre alto y su rostro le resultaba tremendamente familiar. Era casi como mirarse en un espejo. O como mirar a Alexio, si él hubiese tenido el cabello rubio. Pero fue su mirada lo que hizo que Rafaele se estremeciera. Sus ojos eran verdes, igual que los de Alexio y los suyos, pero tenían un tono un poco más oscuro. Otros ojos iguales que los de su madre... ¿Y cómo podía ser?

–¿Puedo ayudarlo? –preguntó Rafaele con frialdad.

El hombre los miró un instante y después miró hacia la tumba en la distancia.

–¿Hay más como nosotros?

Rafaele miró a Alexio, y dijo:

–¿Como nosotros? ¿A qué se refiere?

–No lo recuerdas, ¿verdad?

Rafaele tenía un vago recuerdo. Estaba con su madre junto a una puerta abierta. Frente a ellos, un niño un poco mayor que él, con el cabello rubio y ojos grandes.

La voz de aquel hombre inundaba el ambiente.

–Ella te llevó a mi casa. Tenías unos tres años. Yo casi siete. Ella quería que me fuera con vosotros, pero yo no quise marcharme. No, después de que me abandonara.

Rafaele se quedó helado.

–¿Quién eres? –preguntó, cuando consiguió reaccionar.

El hombre sonrió, pero no se le iluminó la mirada.

–Soy tu hermano mayor. Tu hermanastro. Me llamo Cesar da Silva. He venido a presentar mis respetos a la mujer que me dio la vida... No porque lo mereciera. Sentía curiosidad por ver si había alguien más salido del mismo molde, pero parece que solo estamos nosotros.

–¿Qué diablos es...? –preguntó Alexio.

Rafaele estaba paralizado. Conocía el apellido Da Silva. Cesar estaba detrás de la prestigiosa y exitosa Da Silva Global Corporation. De pronto, se le ocurrió que podía haberlo conocido en otra ocasión sin saber que eran hermanos. No dudaba de las palabras de aquel hombre. El parecido era evidente. Podrían ser trillizos.

Él nunca había sabido la verdad porque, cada vez que le hablaba a su madre de lo que recordaba, ella cambiaba de tema. Igual que tampoco les había contado nada sobre el tiempo que había vivido en España, su país natal, antes de conocer a su padre en París, donde ella había trabajado como modelo.

Rafaele señaló a su hermano.

–Este es Alexio Christakos... Nuestro hermano pequeño.

Cesar Da Silva lo miró con frialdad.

–Tres hermanos de tres padres distintos... Sin embargo, ella no os abandonó.

Dio un paso adelante, y Alexio lo imitó. Los dos hombres estaban muy tensos y sus rostros casi se rozaban.

–No he venido aquí para pelearme contigo, hermano –dijo Cesar–. No tengo nada contra vosotros.

–Solo contra nuestra difunta madre, si lo que dices es cierto.

Cesar sonrió con amargura.

–Sí, es cierto... ¡qué lástima!

Cesar rodeó a Alexio y se dirigió a la tumba. Sacó algo del bolsillo y lo tiró al hoyo, donde golpeó con el ataúd. Permaneció allí unos momentos y regresó donde estaban ellos, sin decir nada. Al cabo de un instante, se metió en la parte trasera de la limusina plateada que estaba esperándolo y se marchó.

Rafaele se volvió hacia Alexio.

–¿Qué...? –se calló antes de terminar la frase.

–No lo sé –contestó Rafaele, negando con la cabeza.

Miró hacia el lugar vacío que había dejado el coche y trató de digerir aquel sorprendente descubrimiento.

Capítulo 1

Tres meses más tarde...

–Sam, siento molestarte, pero hay una llamada para ti por la línea uno... Alguien con voz grave y acento extranjero muy sexy.

Sam se quedó paralizada. «Alguien con voz grave y acento extranjero muy sexy...». Aquellas palabras la hicieron estremecer y provocaron que su entrepierna se humedeciera. Se amonestó en silencio por ser tan ridícula y levantó la vista del documento que estaba leyendo para mirar a la secretaria del departamento de investigación de la Universidad de Londres.

–¿Has conseguido algo durante el fin de semana? ¿O debería decir «alguien»?

Sam se estremeció una vez más, pero sonrió a Gertie.

–No he tenido la oportunidad. He pasado todo el fin de semana con Milo, trabajando en el proyecto de naturaleza de su jardín de infancia.

La secretaria sonrió, y dijo:

–Sabes que yo sigo teniendo la esperanza, Sam. Milo y tú necesitáis que aparezca un hombre estupendo dispuesto a cuidaros.

Sam apretó los dientes y siguió sonriendo para no comentar nada acerca de lo bien que estaban Milo y ella sin un hombre en casa. No obstante, no podía esperar para contestar la llamada.

–¿Has dicho en la línea uno?

Gertie guiñó un ojo y desapareció. Sam respiró hondo y contestó:

–La doctora Samantha Rourke al habla.

Se hizo un silencio y después se oyó una voz grave, sexy y fácil de recordar.

–*Ciao*, Samantha, soy Rafaele...

Lo que era una corazonada se convirtió en realidad. Él era la única persona, aparte de su padre, que la llamaba Samantha, a menos que en los momentos de pasión la hubiera llamado Sam. De pronto, una mezcla de rabia, culpabilidad, deseo y ternura se apoderó de ella.

Sam se percató de que no había contestado cuando él habló de nuevo.

–Soy Rafaele Falcone... ¿Me recuerdas?

Ella agarró el teléfono con fuerza, y dijo:

–No... Quiero decir, sí, te recuerdo.

¿Cómo podía olvidar a ese hombre cuando todos los días veía una réplica en miniatura de su rostro y de sus ojos verdes?

–*Bene* –dijo él–. ¿Cómo estás, Sam? ¿Ahora eres doctora?

–Sí –contestó ella, con el corazón acelerado–. Me doctoré después... –tartamudeó y terminó la frase en silencio. «Después de que aparecieras en mi vida y la destrozaras». Se esforzó por mantener el control y dijo–: Me doctoré después de verte por última vez. ¿En qué puedo ayudarte?

Una vez más, el nerviosismo se apoderó de ella. «¿Qué tal si lo ayudo diciéndole que tiene un hijo?».

–He venido a Londres porque hemos montado una sede de Falcone Motors en Reino Unido.

–Qué bien –dijo Sam.

De pronto, comprendió la magnitud de la situación. Rafaele Falcone estaba en Londres y había ido a buscarla. ¿Por qué? Milo. Su hijo, su mundo. El hijo de Rafaele.

En un principio, Sam pensó que él se había enterado, pero decidió que, si sus sospechas eran ciertas, él no hablaría con tanta indiferencia. No obstante, tenía que librarse de él. Y rápido.

–Mira... me alegro de oírte, pero, en estos momentos, estoy muy ocupada.

–¿No sientes curiosidad por saber por qué he contactado contigo?

El miedo se apoderó de ella al pensar en su adorable hijo.

–Sí, supongo que sí.

–Iba a ofrecerte un trabajo en Falcone Motors –dijo él con frialdad–. La investigación que estás llevando a cabo actualmente entra dentro del área que nosotros queremos desarrollar.

Al oír sus palabras, Sam no pudo evitar que el pánico se apoderara de ella. Había trabajado para ese hombre en una ocasión y, desde entonces, nada había sido igual.

–Me temo que eso es imposible –dijo ella–. Me he comprometido a trabajar por el bien de la universidad.

–Ya veo –contestó él al cabo de unos segundos.

Sam se percató de que él esperaba que ella se hubiese rendido a sus pies, aunque solo fuera por la oferta de trabajo y no por nada más personal. Era el efecto que tenía sobre la mayoría de las mujeres. Él no había cambiado. A pesar de lo que había sucedido entre ambos.

Las palabras que él había pronunciado al despedirse

de ella resonaban en su cabeza como si las hubiera escuchado el día anterior. «Es lo mejor, *cara*. Después de todo, lo nuestro no era nada serio, ¿no?».

Era tan evidente que él deseaba que ella estuviera de acuerdo, que Sam no le había llevado la contraria. Recordaba que él se había mostrado aliviado y eso la ayudaba a creer que había hecho lo correcto al decidir que criaría a Milo sola. Sin embargo, todavía tenía remordimientos de conciencia. «Deberías habérselo dicho», pensó.

—Mira, de veras estoy muy ocupada. Si no te importa...

—¿Ni siquiera estás interesada en hablar de ello?

—No, no estoy interesada. Adiós, *signor* Falcone.

«Adiós, *signor* Falcone». Y se lo había dicho una mujer a la que había conocido íntimamente.

Rafaele miró el teléfono que tenía en la mano, tratando de asimilar que ella hubiera colgado. Las mujeres no colgaban sus llamadas.

Rafaele guardó el teléfono y apretó los labios. Samantha Rourke nunca había sido como el resto de las mujeres. Había sido diferente desde un principio. Inquieto, se puso en pie y se dirigió a la ventana de su despacho, en la nueva sede que habían abierto a las afueras de Londres.

Ella había ido a su fábrica de Italia como becaria, después de haber terminado un máster en Ingeniería Mecánica Automotriz, y había sido la única mujer en un grupo de hombres. Era una mujer brillante e inteligente, y él no habría dudado en contratarla, pagándole lo que ella hubiese pedido... Sin embargo, había permitido que su sexy silueta lo distrajera. Al igual que la ropa masculina con la que vestía y que él deseaba arrancarle para ver las curvas de su silueta. También, su tez pálida e inmaculada y sus ojos grandes de color gris, como el mar en un día de tormenta.

Recordaba cómo lo miraba y cómo se sonrojaba cuando él la pillaba mirándolo. Su manera de morderse el labio inferior y la manera en que intentaba colocarse un mechón de su cabello negro detrás de la oreja. Todo ello había provocado que, al cabo de un tiempo, un fuerte deseo se apoderara de él cada vez que la veía.

Rafaele había intentado evitarlo. No le gustaba, y menos que le sucediera en el trabajo. Había muchas mujeres trabajando en su fábrica, y ninguna de ellas había llamado su atención. Era un hombre que siempre mantenía su vida personal separada de la laboral. Aunque Samantha era una mujer muy diferente a las que él conocía, modernas y refinadas. Mujeres que sabían que eran sexys y que se aprovechaban de ello. Cínicas, como él.

Sam no era ninguna de esas cosas. Excepto sexy. Sin embargo, Rafaele era consciente de que Samantha no sabía que los hombres se fijaban en ella al pasar. La idea había provocado que Rafaele enfureciera. El fuerte sentimiento de posesión que experimentó era algo desconocido para él. ¡Incluso antes de que se besaran!

Al final, sentía tanta frustración sexual que terminó llamándola a su despacho y, sin decir palabra, le sujetó el rostro entre las manos y la besó, disfrutando de una embriagadora dulzura que nunca había saboreado antes.

Al recordarlo, Rafaele notó cómo reaccionaba su cuerpo y blasfemó. Había pensado en ella meses atrás, durante el entierro de su madre. Pensaba en Samantha más a menudo de lo que le gustaba admitir. Sam era una mujer que lo había llevado muy cerca del límite. Apenas habían compartido una breve aventura sexual. Y habían estado a punto de compartir un hijo.

Rafaele se estremeció al pensar en ello. Qué cerca había estado de tener que hacer algo que nunca había deseado hacer. Eso era lo que debía recordar.

Se volvió y miró a su alrededor. Era evidente que ella no quería nada con él.

No debería haber cedido ante la tentación de buscarla. Debía mantenerse alejado de Samantha Rourke y olvidarla para siempre. Por su bien.

Samantha despertó el sábado por la mañana al sentir que alguien se acurrucaba a su lado. Sonrió medio dormida y abrazó a su hijo.

–Buenos días, cariño.

–Buenos días, mami. Te quiero.

Ella sintió que se le encogía el corazón y lo besó en la frente.

–Yo también te quiero, cariño.

Milo echó la cabeza hacia atrás, y Sam hizo una mueca al abrir los ojos y sentir la luz de la mañana.

–Eres muy graciosa.

Sam comenzó a hacerle cosquillas, y el niño empezó a reír. Al cabo de un rato, el pequeño se levantó de la cama y comenzó a bajar por las escaleras.

–¡No enciendas la tele todavía! –gritó ella.

–Bueno, me leeré un cuento.

Sam sintió que el corazón se le encogía de nuevo. Sabía que, cuando bajara su hijo, estaría mirando su cuento, aunque todavía no había aprendido a leer. Era un niño muy bueno. Y brillante. A veces se asustaba de lo inteligente que era, porque no se sentía capaz de manejarlo.

Bridie, el ama de llaves de su padre, que se había quedado con ella después de que él falleciera dos años antes, solía decirle:

–¿Y de dónde crees que lo ha sacado? Su abuelo era profesor de física y a ti te encantaban los libros a los dos años.

Después, Bridie solía resoplar y añadía:

–Claro que, como no sé nada de su padre, no puedo especular sobre esa parte de su familia...

En ese momento, Sam solía mirarla con cara de pena y cambiaba de tema.

Si no hubiese sido por Bridie O'Sullivan, Sam nunca habría terminado el doctorado que le había permitido trabajar en el departamento de investigación de la universidad, gracias a lo cual podía comprar comida y ropa y pagar a Bridie cinco días a la semana para que cuidara de Milo.

Bridie vivía en el apartamento que habían construido junto a la casa unos años antes.

Mientras se ponía el albornoz y se disponía a bajar para preparar el desayuno, intentó suprimir el sentimiento de culpabilidad que la invadía todas las noches desde que había recibido la llamada. O, si era sincera, el sentimiento que la invadía desde hacía cuatro años. Estaba tan inquieta que dormía mal por la noche y experimentaba sueños muy realistas llenos de imágenes ardientes. Se despertaba enredada entre las sábanas, empapada en sudor, con el corazón acelerado y dolor de cabeza.

Rafaele Falcone. El hombre que le había mostrado lo aburrida que había sido su vida antes de conocerlo, y el que le había demostrado con qué facilidad se podía retornar a la monotonía. Como si ella no tuviera derecho a disfrutar de una maravillosa relación sensual.

Siempre se había preguntado por qué se había fijado en ella, y nunca se perdonaría el hecho de haberse enamorado de él.

Durante toda la semana, había intentado convencerse de que Rafaele no merecía saber la verdad sobre Milo porque él nunca lo había deseado. Todavía recordaba cómo había empalidecido cuando ella le contó que estaba embarazada.

Sam se sentó en el borde de la cama, abrumada por los recuerdos. Él se había marchado de viaje tres semanas y, durante ese tiempo, Sam había descubierto que estaba embarazada. Rafaele le había pedido que se vieran en cuanto él regresara y, después de tres semanas sin saber de él, Sam estaba emocionada. Quizá lo que le había dicho antes de marcharse no iba en serio...

«No nos vendrá mal pasar un tiempo separados, *cara*. Mi trabajo empieza a verse perjudicado, y tú me distraes demasiado...», recordó sus palabras.

No obstante, cuando ella entró en su despacho y vio que estaba muy serio, decidió decirle:

—Tengo que contarte una cosa.

Él la miró sorprendido.

—Adelante.

Sam se sonrojó y, por un instante, se preguntó si no estaría loca por pensar que quizá él se alegraría de oír la noticia. Solo habían estado juntos un mes. Cuatro semanas maravillosas. ¿Era tiempo suficiente para...?

—¿Sam?

Ella lo miró, respiró hondo y dijo:

–Rafaele... Estoy embarazada.

Él empalideció de golpe y ella supo que había sido una completa idiota. Temiendo que pudiera desmayarse, se acercó a Rafaele, pero él estiró la mano para que se detuviera.

–¿Cómo ha sido?

–Creo que cuando no tuvimos cuidado.

Era un eufemismo para la cantidad de veces que no habían tenido cuidado... En la ducha, en el salón del *palazzo* de Rafaele cuando no habían tenido paciencia para llegar al dormitorio, en la cocina de su apartamento, cuando él la colocó sobre la encimera y le bajó los pantalones...

Él la miró de manera acusadora.

–Dijiste que estabas tomando la píldora.

Sam se puso a la defensiva.

–Y estaba... Estoy tomándola, pero te dije que era una dosis muy baja y no específica para la contracepción. Además, hace unas semanas, tuve ese virus de veinticuatro horas...

Rafaele se había sentado en su silla y parecía que había envejecido diez años en unos segundos.

–No puede ser –murmuró, como si Sam no estuviera delante.

–Para mí también ha sido una sorpresa.

–¿Estás segura de que ha sido una sorpresa? ¿Cómo sé que no lo habías planeado para tenderme una trampa?

Sam se quedó paralizada y no pudo articular palabra.

–¿De veras crees que lo he hecho a propósito?

Rafaele se puso en pie y comenzó a pasear de un lado a otro. De pronto, soltó una carcajada, y dijo:

–No sería nada extraño que una mujer quisiera asegurarse de tener la vida solucionada gracias a un hombre rico.

–Eres un auténtico cretino. Nunca haría una cosa así –de pronto, recordó la expresión que tenía Rafaele cuando ella entró en el despacho–. Ibas a decirme que habíamos terminado, ¿verdad? Por eso me pediste que vinieras.

Rafaele evitó su mirada un instante y, después, la miró de nuevo.

–Sí.

Eso era todo. Una palabra. La confirmación de que Sam había estado viviendo en un mundo de ilusiones, pensando en que lo que había compartido con uno de los famosos playboys había sido diferente. Incapaz de lidiar con sus emociones, Samantha salió corriendo del despacho.

Se escondió en su pequeño apartamento, evitando los intentos que hacía Rafaele para que abriera la puerta.

Entonces, un día comenzó a sangrar y sintió un fuerte dolor. Asustada, Sam le abrió la puerta, y dijo:

–Estoy sangrando.

Él la había llevado al hospital, pero Sam no pudo percatarse de su nerviosismo. Llevaba las manos sobre el vientre, deseando que las células que llevaba en su interior sobrevivieran. A pesar de que nunca había deseado tener hijos, después de haber perdido a su madre cuando era muy joven y de haberse criado con un padre ausente, en ese momento sentía un fuerte instinto de convertirse en madre.

En la clínica, un médico le informó de que no estaba sufriendo un aborto y que cierto sangrado podía ser normal. También que el dolor, probablemente, era causado por el estrés y que, si mantenía reposo, podría tener un embarazo saludable.

Sam experimentó un inmenso alivio. Hasta que recordó que Rafaele estaba al otro lado de la puerta. De pronto, sintió la terrible necesidad de proteger a su hijo.

La enfermera salió de la habitación y dejó la puerta entreabierta. La voz de Rafaele se filtró desde el pasillo y, al oír sus palabras, Sam se quedó de piedra:

–En estos momentos, estoy ocupado con un asunto... No, no es importante... Lo resolveré tan pronto como pueda y te devolveré la llamada.

Y, en ese mismo instante, se extinguió la pequeña llama de esperanza que Sam todavía albergaba. Evidentemente, gracias a la confidencialidad que los médicos debían tener para con sus pacientes, Rafaele no había sido informado de si Sam había sufrido un aborto o no.

Cuando terminó la conversación y entró en la habitación, Sam estaba mirando por la ventana. Estaba destrozada, pero se esforzó para mantener la calma por el bien del bebé.

Rafaele se había detenido junto a la cama.

–Sam...

–¿Qué? –preguntó ella, sin mirarlo.

Ella lo oyó suspirar.

–Mira, siento de veras que esto haya sucedido. No deberíamos haber tenido una aventura.

–No, no deberíamos –lo miró–. Mira, lo hecho, hecho está. Ya ha terminado. Tengo que quedarme esta noche en observación, pero mañana me iré. A casa. Vete Rafaele. Déjame.

–Esto es lo mejor, *cara*. Créeme... Eres joven y tienes todo tu futuro por delante. Después de todo, lo nuestro no era nada serio, ¿no crees?

Sam puso una mueca, y decidió que haría todo lo posible por centrarse en su carrera profesional y en el hijo que llevaba en el vientre. Costara lo que costara.

–Por supuesto que no. Ahora, por favor, márchate.

Rafaele había dado un paso atrás.

–Organizaré todo para tu viaje de regreso. No tendrás que preocuparte por nada.

Sam contuvo una risita al pensar en el tremendo cambio que iba a dar su vida. Asintió, y dijo:

–Muy bien.

–Adiós, Sam –dijo Rafaele desde la puerta.

Conteniéndose para no llorar, Sam se despidió con frialdad:

–Adiós, Rafaele.

Nada más cerrarse la puerta, las lágrimas comenzaron a rodar por sus mejillas.

Cuando ya llevaba una semana en casa, Sam empezó a debatirse entre la necesidad de contarle la verdad a Rafaele y la necesidad de protegerse de un sufrimiento mayor. Un día, en un canal de televisión, vio que Rafaele aparecía junto a una actriz famosa a la que agarraba de la cintura y, al ver cómo sonreía ante las cámaras, supo que nunca le contaría la verdad. Simplemente, porque él no estaba interesado.

–¡Mami! ¡Quiero cereales!

Sam pestañeó y volvió a la realidad. Milo. El desayuno. Intentó ignorar el sentimiento de culpa que se había apoderado de ella y se levantó para atender a su hijo.

Esa noche, Sam levantó la vista del fregadero cuando oyó que llamaban al timbre. Milo estaba jugando con sus coches en el suelo del salón, y ella se dirigió a abrir, pensando que sería Bridie que se había olvidado las llaves.

Estaba equivocada. Al abrir la puerta, encontró a alguien mucho más alto y masculino.

Rafaele Falcone.

Durante unos minutos, Sam se quedó sin habla. Se fijó en que llevaba unos pantalones vaqueros desgastados y una chaqueta de cuero. También se fijó en su cabello castaño oscuro, que se rizaba una pizca sobre la nuca, y en sus llamativos ojos verdes. Las facciones de su rostro y su tez color aceituna, hacían que pareciera de un lugar más exótico que Inglaterra.

Y su boca. Esa boca hecha para hacer travesuras. Siempre al borde de poner una sexy medio sonrisa.

A menos que estuviera muy serio, como la última vez que ella lo había visto.

–Samantha –dijo él, mirándola de arriba abajo.

Sam recordó la ropa que llevaba puesta. Unos vaqueros estrechos, unos calcetines gordos y una camisa de cuadros muy desgastada. Iba sin maquillar, y tenía el cabello recogido en un moño.

Rafaele sonrió.

–Veo que, a pesar de mis esfuerzos, sigues vistiendo de forma masculina.

Sam recordó el día en que Rafaele le entregó una caja blanca que contenía un precioso vestido de noche. Rafaele la había desnudado y la había vestido de nuevo. Era un vestido estrecho y de color negro, con un único tirante, que acentuaba sus caderas y sus senos. Tenía una abertura por la que se podían ver sus piernas esbeltas. Después, la había llevado a uno de los restaurantes más exclusivos de Milán. Habían sido los últimos en marcharse, hacia las cuatro de la mañana, embriagados por el vino y el deseo, y él la había llevado a su *palazzo*...

«Sigues vistiendo de forma masculina». Samantha

volvió a la realidad y vio que Rafaele la miraba con una sexy sonrisa.

–¿No vas a invitarme a entrar? Hace mucho frío.

El pánico se apoderó de Sam. «Milo», pensó.

–No es buen momento. No sé para qué has venido. Creo que el otro día te dejé muy claro que no estoy interesada en tu oferta.

Sam se obligó a mirarlo. Habían pasado cuatro años y, en ese tiempo, ella había cambiado por completo. Se sentía más vieja y cansada. Sin embargo, Rafaele tenía un aspecto estupendo. Un sentimiento de injusticia se apoderó de ella. Él no había sabido nada acerca de su vida durante ese tiempo. «Porque no se lo contaste», le dijo una vocecita interior.

–¿Para qué has venido, Rafaele? Estoy segura de que tienes cosas más importantes que hacer un sábado por la tarde.

–Pensé que, si venía a verte en persona, quizá pudiera convencerte para que escucharas mi oferta.

En esos momentos, Milo apareció corriendo y llamando a Sam.

–¡Mami! –se agarró a sus piernas y asomó la carita para ver quién estaba en la puerta.

–Como te dije, ahora no es un buen momento –dijo Samantha, tratando de controlar lo inevitable.

Rafaele vio al niño y comenzó a hablar de manera forzada.

–Lo siento. Debí de haberlo pensado... Han pasado varios años... Y te habrás casado. Tienes hijos...

Entonces, Rafaele bajó la vista y Samantha supo lo que estaba sucediendo. Milo lo miraba con inocencia, y él contemplaba unos ojos verdes iguales que los suyos.

Rafaele miró al pequeño durante un largo rato.

Después, frunció el ceño y puso una mueca como de dolor. Miró a Sam y, al instante, el pánico se apoderó de ella.

Así, sin más, la mirada de Rafaele se volvió de acero, y ella supo que él se había percatado de lo que ocurría.

Capítulo 2

MAMÁ, ¿podemos ver los coches en la tele?
Sam le acarició la cabeza, y le dijo:
—¿Por qué no empiezas tú y yo voy enseguida?

Milo salió corriendo, y el silencio se hizo todavía más intenso. Rafaele lo sabía. Ella lo percibía. Se había dado cuenta al ver los ojos de su hijo. Eran idénticos.

—Déjame pasar, Samantha. Ahora mismo.

Temblorosa, Samantha dio un paso atrás y abrió la puerta del todo. Rafaele entró en la casa. Olía a una mezcla de especias y almizcle y, para su sorpresa, nada más percibir el olor, el cuerpo de Sam reaccionó enseguida.

Ella cerró la puerta y se dirigió hacia la cocina, que estaba al fondo del pasillo, pasando por delante del salón donde estaba Milo mirando la tele.

Estaba a punto de cerrar la puerta del salón cuando él le ordenó en tono cortante:

—Déjala abierta.

Ella obedeció. Rafaele estaba mirando a Milo mientras el niño contemplaba la pantalla, boquiabierto. Tenía sus tres coches favoritos en las manos. Si sus ojos y su tez de color aceituna no lo delataran, aquella podía ser una broma pesada.

Sam dio un paso atrás y entró en la cocina. No podía sentir las piernas. Estaba mareada. Se volvió y vio que Rafaele la había seguido y entornaba la puerta.

–Ahora es cuando me cuentas que, por algún extraño motivo, el niño que está ahí dentro no tiene tres años y tres meses, más o menos. Que no ha heredado el mismo color de ojos que yo heredé de mi madre, y que no es mi hijo.

Sam se quedó boquiabierta.

–Él es... –incluso en aquella situación, trató de buscar una excusa–. Es tu hijo –dijo al fin, admitiendo que no tenía derecho a ocultárselo.

–¿Es mi hijo?

Sam asintió con un nudo en el estómago.

–Con razón estabas deseando librarte de mí el otro día –comenzó a pasear de un lado a otro. De pronto, se paró y le preguntó–: ¿Estás casada?

–No.

–¿Y qué habría pasado si no hubiera decidido venir a visitarte? ¿Me habrías mantenido en la ignorancia para siempre?

–No lo sé –susurró Sam, aunque sabía que no habría sido capaz de vivir con el sentimiento de culpa que la invadía.

Él la fulminó con la mirada de aquellos ojos que en su día la devoraron viva.

–Eres una zorra.

Sam se estremeció. Era como si le hubieran dado una bofetada. Sus palabras eran frías e implacables.

–Tú no querías tener un bebé –susurró ella.

–¿Y por eso decidiste mentirme?

–Creía que estaba sufriendo un aborto, igual que tú. En la clínica, después del reconocimiento, el médico me dijo que no.

Rafaele se cruzó de brazos y cerró los puños. Ella

se estremeció, a pesar de que sabía que él nunca le pegaría.

—Lo sabías y preferiste mentirme y dejar que me marchara.

—No te mentí... Tú lo asumiste... Yo no dije nada.

—¿Y el motivo por el que no me informaste fue...?

—No querías saberlo.

—¿En qué te basas...?

—En la manera en la que reaccionaste cuando te lo conté en un primer momento... —Sam recordó el sufrimiento que sintió al darse cuenta de que Rafaele había estado a punto de romper con ella—. Y por lo que dijiste después, en la clínica. Te oí hablar por teléfono.

—¿Qué dije? —preguntó él, frunciendo el ceño.

—Hablabas con alguien, y le dijiste que te había pillado haciendo una cosa sin importancia.

Rafaele se descruzó de brazos, pero no abrió los puños.

—*Dio*, Samantha. Ni siquiera recuerdo la conversación. Sin duda, dije cualquier cosa para despistar a alguna de mis secretarias. Creía que habías abortado. ¿De veras crees que iba a contarle algo así al primero que llamara por teléfono?

San tragó saliva y admitió:

—Puede que no, pero ¿cómo iba yo a saberlo? Lo único que oí fue que estabas aliviado por no tener que preocuparte por un bebé que te complicaría la vida.

—¡Tengo que recordarte que yo también estaba impresionado y que, en ese momento, pensaba que ya no había bebé!

Sam respiraba con fuerza, y parecía que Rafaele deseaba apartar la mesa de una patada para ir a por ella.

En ese momento, se oyó desde la puerta.

—¿Mamá?

Sam se volvió hacia la puerta y vio que Milo había entrado sin que lo vieran. El pequeño miraba a uno y a otro asombrado, y le temblaba el labio inferior de pura tensión.

Sam se agachó para tomarlo en brazos. El pequeño se sentía intimidado por la presencia de hombres, porque no solía pasar tiempo con ellos.

−¿Por qué está aquí todavía? −preguntó el niño, acurrucándose contra ella.

Sam le acarició la espalda para tranquilizarlo y trató de hablar con normalidad.

−Es un viejo amigo de mamá. Solo ha venido a saludarme. Ya se va.

−Bien −contestó Milo−. ¿Podemos ir a ver la tele?

Sam lo miró y forzó una sonrisa.

−En cuanto me despida del señor Falcone, ¿de acuerdo?

−De acuerdo −dijo el pequeño. Se escapó de entre los brazos de Sam y salió corriendo de la cocina.

−Tienes que irte −le dijo a Rafaele−. Si te quedas, se disgustará.

Rafaele se acercó a Sam, y ella dio un paso atrás, pero el horno le impedía continuar. El aroma masculino que desprendía Rafaele invadía el ambiente, y ella notó que se le aceleraba el corazón.

−Esto no ha terminado, Samantha. Me voy porque no quiero disgustar al niño, pero tendrás noticias mías.

Al cabo de unos instantes, Rafaele se giró antes de marcharse, deteniéndose un momento junto a la puerta del salón para mirar a Milo otra vez.

Sam oyó que arrancaba el motor del coche y se alejaba.

Entonces, comenzó a temblar. Agarró una silla y se sentó.

–¡Mamá! –Milo la llamó desde el salón.

–Voy enseguida. Lo prometo.

Lo último que deseaba era que Milo la viera en ese estado. Cuando empezó a encontrarse un poco mejor, se dirigió al salón y se sentó junto a Milo en el suelo. Sin apartar la mirada del televisor, el pequeño se movió y se sentó en su regazo. Sam sintió que se le encogía el corazón y lo besó en la cabeza.

Recordó las palabras de Rafaele: «Esto no ha terminado, Samantha. Me voy porque no quiero disgustar al niño, pero tendrás noticias mías».

Se estremeció. No quería ni imaginar a qué tendría que enfrentarse cuando recibiera noticias de Rafaele otra vez.

El lunes por la mañana, Sam entró en la sala de reuniones de la universidad y se sentó para participar en la reunión semanal de presupuestos. Le picaban los ojos de cansancio. Debido a los nervios, no había dormido en todo el fin de semana, pensando en el momento en que Rafaele volviera a aparecer.

Gertie, la secretaria, llegó momentos después y se sentó junto a Sam.

–No te imaginas lo que ha pasado durante el fin de semana –le dijo, casi sin aliento.

Sam la miró, acostumbrada a la afición que Gertie tenía por los cotilleos. No le apetecía escuchar ninguna historia sobre estudiantes y profesores, pero, en ese momento, la otra mujer se puso muy seria y Sam se volvió para ver que el director del departamento acababa de entrar en la sala.

Entonces, le dio un vuelco el corazón. Justo detrás del director había otro hombre. Rafaele.

Durante un segundo, pensó que se iba a desmayar. Se agarró al borde de la mesa y observó aterrorizada cómo Rafaele entraba en la sala con total tranquilidad.

Él ni siquiera la miró, y se sentó en la cabecera de la mesa, junto con el jefe. Estaba muy sexy y atractivo. Se acomodó en la silla y se desabrochó un botón de la chaqueta.

Sam estaba fascinada.

«Debe de ser un sueño», pensó, pero, en esos momentos, Gerite la hizo volver a la realidad.

—Esto era lo que iba a contarte —le dijo, dándole un codazo.

La adusta mirada de su jefe hizo que todo el mundo se callara y, entonces, inevitablemente, Sam miró a Rafaele y supo que no era un sueño. Sus ojos verdes tenían una mirada triunfal y sus labios formaban una petulante sonrisa.

Su jefe estaba de pie, aclarándose la garganta. Sam no podía apartar la vista de Rafaele, y él tampoco dejaba de mirarla, como si quisiera obligarla a escuchar todo lo que se decía, pero ella solo era capaz de escuchar fragmentos.

—Falcone Industries... más exitoso... tiene el honor de que el señor Falcone haya decidido financiar esta investigación de su propio bolsillo... Encantados con la noticia... La financiación está garantizada durante el tiempo que dura la investigación.

Entonces, Rafaele se levantó para saludar a los asistentes. Había trece personas en la habitación, y todas estaban cautivadas por su carisma. Finalmente, Rafaele dejó de mirar a Sam, y ella sintió que podía volver a respirar. Tenía el corazón acelerado y no era capaz de enterarse de nada de lo que él decía.

—Samantha...

Sam levantó la vista, y vio que Rafaele se había sentado y que su jefe se dirigía a ella. No había escuchado ni una palabra.

–Lo siento, Bill, ¿qué estás diciendo?

–He dicho que, a partir de la semana que viene, trabajarás para la fábrica de los Falcone. Tendrás que supervisar la instauración de un programa de investigación allí, que trabajará de la mano con el que ya tenemos aquí, en la universidad.

Se dirigió al resto de los presentes mientras ella trataba de asimilar lo que había oído.

–Supongo que no es necesario que señale la importancia de que nos permitan llevar a cabo esta investigación dentro de una fábrica en activo y, especialmente, en una tan prestigiosa como Falcone Motors. Nos pondrá muy por delante de otras investigaciones que se están haciendo en esta área y, teniendo en cuenta que el señor Falcone nos garantiza la financiación durante al menos cinco años, tenemos el éxito prácticamente garantizado.

Sam no podía aguantar más. Se puso en pie, aturdida por el pánico, murmuró algo acerca de que necesitaba salir a tomar el aire y se marchó de la sala.

Rafaele miró a Sam mientras salía de la sala. Llevaba en shock desde la noche en que fue a visitarla a su casa. La rabia que sentía era tan intensa que resultaba aterradora.

El jefe de Sam se mostró disgustado por su apresurada salida, pero Rafaele se sentía satisfecho por haber conseguido alterarla.

Solo había necesitado realizar una llamada a su equipo para poner en marcha su plan de hacerse cargo del programa de investigación de la universidad en el que ella participaba.

Mientras el jefe de Sam continuaba con su discurso, Rafaele respiró hondo y se percató de que no lo había hecho desde la noche en que vio la cara de sorpresa que puso Samantha cuando él apareció en la puerta de su casa.

Le molestaba recordar lo incómodo que se había sentido al pensar que Sam estaba casada y que tenía un hijo de otro hombre, y era algo más significativo de lo que a él le gustaba admitir.

No tenía ninguna excusa para haberle ocultado a su hijo durante más de tres años. Cuando Rafaele tenía la misma edad que Milo, su mundo quedó destrozado al presenciar cómo su padre se arrodillaba llorando a los pies de su madre, suplicándole que no lo dejara.

–Te quiero. ¿Qué será de mí si me dejas? Sin ti no soy nada. No tengo nada... –había dicho su padre.

–Levántate, Umberto –había dicho ella–. Estás quedando en ridículo delante de nuestro hijo. ¿En qué clase de hombre se convertirá teniendo un padre débil y llorón?

¿Qué clase de hombre sería?

Rafaele sintió un nudo en la garganta. La clase de hombre que sabía que lo más importante en la vida era construir una base sólida. Seguridad. Éxito. Se había prometido que no permitiría que nada lo destrozara, como le había sucedido a su padre, a quien ni siquiera le había quedado el orgullo. Los sentimientos eran peligrosos. Rafaele sabía que las mujeres eran volubles y que podían marcharse en cualquier momento. O mantener a un hombre apartado de su hijo.

Rafaele había regresado a casa de Sam el domingo, enfadado y dispuesto a enfrentarse a ella otra vez, pero, al llegar, vio que estaban saliendo de la casa. Milo iba empujando una moto de juguete. Él los había seguido hasta un parque y los había observado mientras jugaban, como un fugitivo. Al ver a su hijo correteando y riéndose, un sentimiento extraño surgió en su interior. El orgullo. Y algo más que no sabía nombrar, pero que le recordó el día más duro de su vida, en el que su madre lo agarró de la mano con fuerza y lo sacó del *palazzo* familiar, dejando a su padre en el suelo llorando de forma desconsolada.

Ese era uno de los motivos por los que Rafaele nunca había querido tener hijos. Consciente de lo vulnerables que eran, siempre le había parecido una responsabilidad demasiado grande. Nadie sabía mejor que él que una experiencia así, aunque se viviera a temprana edad, podía cambiar la vida de alguien por completo. Nunca había imaginado que encontrarse con su hijo pudiera provocar en él un torrente de sentimientos tan potente. Algo tan primitivo que hacía que quisiera hacer cualquier cosa para evitar que el pequeño sufriera.

Desde muy pequeño, Rafaele había sido consciente de que la ausencia de un padre era algo muy doloroso, así que no estaba dispuesto a alejarse de su hijo otra vez.

Interrumpiendo bruscamente al jefe de Sam, Rafaele se puso en pie y murmuró algo a modo de excusa antes de salir de la sala. En ese momento, solo había una persona a la que deseaba escuchar.

A Sam le dolía el estómago después de haber vomitado el desayuno en el aseo de señoras. Estaba temblando, se sentía débil y tenía la tez muy pálida. Se lavó el rostro con agua fría y se enjuagó la boca, consciente de que tenía que salir y enfrentarse a...

De pronto, se abrió la puerta y Sam se incorporó, agarrándose al lavamanos. Por un instante, deseó que fuera Gertie, aunque, al notar que se le erizaba el vello, supo que no era así.

Se volvió y vio que Rafaele estaba apoyado contra la puerta y que llevaba las manos en los bolsillos. Su cuerpo reaccionó enseguida, reconociendo al hombre que la había introducido a su propia sensualidad.

Un sentimiento de rabia la invadió por dentro, y Sam trató de controlarlo. Se cruzó de brazos y dijo:

–¿A qué diablos estás jugando, Rafaele? ¿Cómo te atreves a venir aquí y emplear tu poder para vengarte de mí? Estás jugando con la gente. Hay personas que han invertido muchos años de estudio en su especialidad y, de pronto, apareces tú, prometiéndoles un futuro de éxito cuando ambos sabemos que...

–Basta.

La voz de Rafaele reverberó contra los baldosines del aseo de señoras.

–Me he comprometido a financiar y a apoyar esta universidad –se puso serio–. Y, por si te has olvidado, en un principio contacté contigo para pedirte que trabajaras para mí. Tengo toda la intención de utilizar tu experiencia para mi propio beneficio –se encogió de hombros–. No hay nada nuevo en ello, todas las empresas de automoción están a la caza de investigaciones recientes para poder ganar a la competencia con nuevas tecnologías. Tú has conseguido que esta investigación llegue a un nivel mucho más avanzado que el de cualquier otra entidad.

Sus palabras no le proporcionaron a Sam ninguna satisfacción profesional. Seguía en shock.

–Puede que sea cierto, pero, ahora que sabes lo de Milo, estás tratando de vengarte personalmente.

No podía disimular la amargura de su tono de voz.

–Resulta que tienes los medios para poder entrar y apoderarte de todo el departamento para hacer lo que te dé la gana. No iré a trabajar contigo. Me quedaré aquí en la universidad.

Rafaele dio unos pasos hacia delante y Sam vio que su mirada se había vuelto de acero. Sintió que se le formaba un nudo en el estómago y que todo su cuerpo se ponía tenso.

–Vendrás a trabajar conmigo o me retiraré de este acuerdo. Todos tus colegas tendrán que volver a empezar de cero. Tu jefe me ha informado de que, si yo no hubiera aparecido dispuesto a financiaros, habría tenido que echar a gente. Debido a la falta de fondos, no puede mantener contratado a todo el mundo. Os iba a informar sobre ello en la reunión de hoy.

Sam era más o menos consciente de lo que él había dicho. Llevaba rumoreándose desde hacía semanas.

–Eres un bastardo.

Rafaele parecía impasible.

–Lo dudo, y menos cuando estoy salvando puestos de trabajo. Será muy fácil si haces lo correcto y accedes a mis deseos. Y esto es solo el comienzo, Samantha.

Ella se quedó de piedra.

–¿El comienzo de qué?

Rafaele estiró la mano y la sujetó por la barbilla. Ella sintió la fuerza de su mano, el roce de las asperezas que indicaban lo mucho que le gustaba arreglar motores a pesar de su estatus. Era una de las cosas que había hecho que ella lo apreciara desde un principio.

Al instante, un ardiente deseo se apoderó de ella. Todo su cuerpo reaccionó ante el roce de una mano que ella había pensado que nunca volvería a sentir. Se derretía por dentro. Y se le había humedecido la entrepierna.

–El principio del desquite, Samantha. Estás en deuda conmigo por haberme privado de mi hijo durante más de tres años, y nunca permitiré que lo olvides.

Durante un momento, Rafaele casi olvidó dónde estaba y con quién estaba hablando. El tacto de la piel de Sam era como la seda y su mentón tan delicado como el cristal de Murano. Por un instante, deseó llevar la mano a su nuca para atraerla hacia sí y besarla en los labios... De pronto, se percató de lo que estaba haciendo.

Blasfemó en silencio, retiró la mano y dio un paso atrás. Sam lo miraba con sus ojos grises bien abiertos. Tenía la tez pálida y las mejillas coloradas.

Pestañeó como si estuviera tan hechizada como él y, de pronto, algo en su mirada se aclaró. La rabia se había disipado.

Ella estiró la mano y suplicó:

–Por favor, Rafaele, tenemos que hablar sobre esto...

–No –dijo con tono cortante. Rafaele se percató de que ella había aprovechado el momento en el que él parecía más vulnerable para apelar a su conciencia. Las ojeras que tenía Sam hacían que pareciera una mujer frágil y vulnerable.

Durante años, había observado cómo su madre empleaba sus artimañas para engañar a los hombres y que pensaran que era frágil y vulnerable. Y, después, cuando había conseguido lo que deseaba, la expresión de su rostro volvía a endurecerse. El día que abandonó a su padre, no demostró ni una pizca de arrepentimiento.

Él había creído que Sam no era así, pero eso era antes de que ella le hubiera ocultado a su hijo.

Rafaele dio otro paso atrás y notó que la rabia se apoderaba de él.

—Si fueras un hombre...

Sam alzó la barbilla. La expresión de su rostro ya no era de vulnerabilidad.

—Si yo fuera un hombre... ¿qué? ¿Me darías una paliza? Bueno, ¿y qué es lo que te detiene?

Rafaele se fijó en que ella había cerrado los puños a ambos lados del cuerpo.

—Porque no me pego con mujeres, ni con nadie. Sin embargo, sentí ganas de hacerlo por primera vez cuando me di cuenta de que ese niño era mi hijo —respiró hondo—. Mi hijo, Sam, de mi propia sangre. Es un Falcone. ¿Cómo puedes haber actuado así?¿Qué derecho tenías para pensar que tenías la respuesta? ¿Que podías decidir apartarme de su vida sin más?

Sam cada vez estaba más tensa.

—¿Tengo que recordarte que ese día deseabas salir corriendo de la clínica? Apenas podías disimular lo aliviado que estabas cuando pensaste que ya no teníamos por qué preocuparnos. Supusiste lo peor. Ni siquiera se te ocurrió preguntar si finalmente había sufrido un aborto, porque no querías un bebé.

Rafaele se sonrojó al oír sus palabras. Recordaba cómo deseaba alejarse del dolor de aquella mirada. De la idea de que Sam lo había cautivado más que ninguna otra mujer.

—Nunca he tenido intención de tener hijos —admitió—, pero tampoco me diste motivos para dudar de que habías sufrido un aborto.

Sam carraspeó.

–Estabas contento de librarte de mí, así que no me eches la culpa por pensar que lo mejor era dejarte fuera de mi proceso de toma de decisiones.

Rafaele miró a Sam y se fijó en sus enormes ojos grises. Trataba de cautivarlo de nuevo con su mirada, pero él no se lo permitiría. Ella le había hecho creer que había abortado cuando sabía que un bebé estaba creciendo en su vientre.

Él negó con la cabeza.

–Eso no es suficiente.

Sam se puso a la defensiva.

–Se me quitaron las ganas de contactar contigo para decirte la verdad cuando te vi con otra mujer una semana después del incidente del hospital.

Sam respiraba de manera acelerada y él se fijó en cómo se le movía el pecho bajo la blusa. Una ola de calor se instaló en su entrepierna y Rafaele trató de contenerla. Miró a Sam a la cara e intentó olvidar que no se había acostado con ninguna mujer durante un año después de que ella se marchara, a pesar de lo que pudiera parecer y de haberlo intentado. Cada vez que había tenido la oportunidad, algo en su interior se lo había impedido. Y, desde entonces, sus experiencias con las mujeres no habían sido nada satisfactorias.

Entornó los ojos y dijo:

–No intentes culparme a mí para tratar de demostrar tu inocencia.

No obstante, Rafaele ya experimentaba un sentimiento de culpa, por mucho que quisiera que no fuera así. ¡Maldita sea! No permitiría que le hiciera tal cosa. Sam había llevado a su hijo en el vientre y no le había dicho nada.

–No he olvidado que nuestra relación estaba basada únicamente en el sexo. Así era, ¿no? Nada de conversaciones, o algo más íntimo que estar desnudos en la cama. Tú me lo dejaste muy claro, Rafaele, diciéndome una y otra vez que no me enamorara de ti porque no eras de esa clase de hombres.

—Y lo hiciste de todos modos, ¿no es así? —dijo él en tono acusador.

—Pensaba que te amaba —dijo ella—. Después de todo, eras mi primera amante y ¿no es habitual que una mujer virgen se enamore de su primer hombre? ¿No era esa una de las advertencias que me hiciste?

Rafaele recordó la imagen de Sam, desnuda en su cama, con sus senos redondeados, su cintura pequeña y sus piernas largas. Su piel tan blanca como el alabastro. Y tan inocente. Nunca olvidaría lo que había sentido al penetrar su cuerpo tenso y ardiente por primera vez. Era el recuerdo más erótico de los que tenía. Su gemido de sorpresa convirtiéndose en gemido de placer.

—No te preocupes —continuó ella—. Lo superé pronto y me percaté de que lo que sentía por ti era algo superficial. En cuanto confirmé que estaba embarazada y que iba a tener un bebé.

—Una realidad a la que decidiste enfrentarte sola —dijo él, apretando los dientes. ¿Fue un castigo, Sam? ¿Por haber terminado mi relación contigo? ¿Por no querer nada más? ¿Por dejar que te marcharas? ¿Por no querer tener un bebé porque nuestra relación no contemplaba esa opción?

Rafaele no podía parar.

—Creo que el problema es que te enamoraste de mí y te enfadaste porque yo no me enamoré de ti, así que decidiste castigarme. Es tan evidente...

Capítulo 3

SAM se acercó a Rafaele, levantó la mano y le dio una bofetada en el rostro antes de ser consciente de lo que estaba haciendo. Segundos después, se percató de que había reaccionado de ese modo porque él había puesto voz a sus miedos más temidos.

Rafaele murmuró algo, la tomó entre sus brazos y la besó con brusquedad.

Sam tardó un segundo en recuperarse del shock, pero su cuerpo la traicionó, impidiéndole que pensara con claridad.

Empezó a besarlo, mostrándole la rabia que la invadía. Por haber dicho en voz alta lo que pensaba. Por hacer que se sintiera todavía más avergonzada y confusa. Por estar allí. Por hacer que lo deseara. Por hacerle recordar. Por besarla para dominarla y demostrarle lo mucho que ella lo deseaba todavía.

Sam agarraba con fuerza la chaqueta de Rafaele. Percibió cierto sabor a sangre pero no sintió ningún dolor. La pasión había provocado que la cabeza le diera vueltas. Rafaele la agarraba con fuerza de los brazos y Sam no pudo evitar que las lágrimas se agolparan en sus ojos, causadas por una mezcla de deseo y frustración.

Abrió los ojos y, durante un segundo, contempló los ojos verdes de Rafaele. Él se separó de ella, y dijo:

–Estás sangrando... –su tono era duro y parecía enfadado.

Sam se tocó el labio y puso una mueca al sentir un leve dolor. Los tenía hinchados. Sabía que debía salir de allí antes de que él se diera cuenta de que, además de la rabia, sentía un intenso deseo.

–Debo irme. Se preguntarán dónde me he metido –sentía náuseas y temía vomitar otra vez, sobre los zapatos de Rafaele.

–Sam...

–No –lo interrumpió ella–. Aquí no.

Él apretó los dientes.

–Bien. Esta noche enviaré un coche a recogerte. Hablaremos en mi casa.

Sam estaba demasiado confusa para discutir. Habían sucedido demasiadas cosas. Había recordado que solo con mirarlo se excitaba más de lo que nunca se había excitado en su vida con otro hombre. No fue capaz de decir nada más aparte de:

–Está bien –necesitaba alejarse de ese hombre antes de quedar en ridículo del todo.

Esa noche, Sam esperó a Rafaele en una casa elegante en mitad de Mayfair. Había pasado el día aguantando el entusiasmo de sus compañeros mientras hablaban de la estupenda oportunidad que les había ofrecido Rafaele Falcone, cuando ella sabía que solo lo había hecho para controlar su vida.

Después de lo que había sucedido en el baño, tenía miedo de lo inestables que eran sus emociones, y no le gustaba la idea de tener que trabajar para él otra vez. Se obligó a respirar hondo y se centró en lo que tenía a su alrededor. Había lujosos sofás, butacas de piel y muebles elegantes.

Sam se sentía muy desaliñada porque todavía llevaba el uniforme del trabajo, pantalones negros estrechos, blusa blanca y chaqueta negra. Zapatos planos. El cabello recogido y nada de maquillaje. Aquel entorno estaba hecho para mujeres mucho más sensuales. Sam imaginó a una mujer con vestido de seda, tumbada en uno de los sofás en postura seductora mientras esperaba a su amante.

No pudo evitar recordar el *palazzo* que Rafaele tenía en Milán, donde en ocasiones Sam había creído que no existía nada más allá de aquellas cuatro paredes. Y que ella era una de esas mujeres bellas y seductoras.

–Siento haberte hecho esperar.

Sam se volvió de golpe al oír su voz. Se percató de que estaba agarrando el bolso con fuerza contra su pecho, como si fuera un escudo, y lo bajó.

No estaba preparada para ver a Rafaele otra vez, y la rabia y la vergüenza todavía predominaban entre sus emociones. Y el recuerdo de aquel beso enfadado. Todavía tenía los labios sensibles. Rafaele apareció entre las sombras con una expresión muy seria.

Nada había cambiado, pero, a pesar de la rabia que sentía, Sam tenía cargo de conciencia.

–Siento haberte pegado. No sé qué me pasó, pero lo que dijiste... No era cierto.

«Mentirosa», se amonestó en silencio.

Rafaele se acercó más a ella.

–Lo merecía. Por provocarte.

Sam lo miró asombrada. No esperaba esa respuesta, y notó que algo se derretía en su interior.

Rafaele se acercó a un mueble bar y se sirvió una copa. La miró por encima del hombro y le preguntó:

–¿Quieres beber algo?

Ella negó con la cabeza.

–No. Gracias.

–Acomódate –dijo él, señalando un sofá–. Siéntate, Sam... Y puedes dejar el bolso. Parece que van a partírsete los dedos.

Ella bajó la vista y vio que tenía los nudillos blancos de agarrar el bolso con tanta fuerza. Respiró hondo y se sentó en el borde de un sofá.

Rafaele se sentó frente a ella y se acomodó apoyando el brazo en el respaldo. Sam tuvo que contenerse para no mirar cómo su camiseta resaltaba la musculatura de su torso.

–¿Qué clase de nombre es Milo? ¿Irlandés?

Sam pestañeó y tardó un instante en contestar.

–Era el nombre de mi abuelo.

Sam se sorprendió una pizca al ver que él recordaba que descendía de familia irlandesa.

–Pensaba decírtelo algún día –dijo ella, al notar que él todavía sentía rabia hacia ella–. No iba a ocultarle esa información a Milo para siempre.

Rafaele soltó una carcajada.

–Qué detalle. Ibas a esperar a que él tuviera una infancia llena de resentimiento hacia su padre ausente y yo no me iba ni a enterar.

Rafaele se echó hacia delante y dejó su copa sobre la mesa. Se pasó la mano por el cabello y a Sam se le formó un nudo en la garganta al recordar cómo solía acariciarle el cabello para que no moviera la cabeza mientras tenía el rostro entre sus...

Un sentimiento de vergüenza se apoderó de ella al ver hacia dónde iba encaminado su pensamiento. Debería de estar pensando en Milo y en cómo escapar de la amenaza que Rafaele le había hecho, y no recordando imágenes eróticas.

–He estado viviendo el día a día, y hasta el momento no me ha parecido algo urgente. Milo no pregunta por su padre.

Rafaele se puso en pie.

–Yo diría que era algo urgente desde que diste a luz, Sam. ¿Crees que Milo no se pregunta por qué otros niños tienen padre y él no?

Sam sintió que las palabras se agolpaban en su garganta. Milo no le había mencionado nada todavía, pero ella había visto cómo miraba a sus amigos en la guardería cuando los padres iban a recogerlos. No faltaba mucho tiempo para que el pequeño empezara a hacer preguntas.

Sam se puso en pie también.

Rafaele contuvo la rabia que amenazaba con desbordarse. Sam parecía más vulnerable que antes.

–Mira, no puedo quedarme mucho rato –dijo ella–. La niñera me está haciendo un favor. ¿Podemos hablar de lo más importante?

Él había sido incapaz de olvidar el rostro de Sam durante todo el día. Ni cómo la había tomado entre sus brazos como si fuera un hombre primitivo, deseando acorralarla contra el fregadero para poseerla. Al sentir los labios de Sam bajo su boca, recordó un sentimiento que había encerrado en lo más profundo de su ser, y sintió un deseo más ardiente de lo que nunca había experimentado.

Tuvo que esforzarse para frenar la intensidad de ese sentimiento.

–Esto es lo que va a suceder: me voy a convertir en el padre de mi hijo y tú harás todo lo posible para facilitármelo porque, si no, Samantha, no dudaré en iniciar trámites legales contra ti.

Sam oyó su ultimátum y lo miró tratando de que él no se diera cuenta de que sus palabras la habían asustado. «No dudaré en iniciar trámites legales contra ti».

–¿Qué quieres decir exactamente, Rafaele? No puedes amenazarme de ese modo.

Rafaele se acercó a Sam y, al percibir su aroma, ella recordó el beso que le había dado ese mismo día. Él la miró fijamente durante un rato y, después, regresó al sofá para sentarse y contemplarla como si fuera un pachá.

–No es una amenaza. Es una promesa. Quiero formar parte de la vida de Milo. Soy su padre. Tenemos derecho a conocernos. Él tiene que saber que soy su padre.

–No puedes aparecer sin más y decirle que eres su padre –dijo ella–. No lo comprenderá y se llevará un gran disgusto.

Rafaele arqueó una ceja.

–¿Y quién tiene la culpa de eso? ¿Quién ha estado ocultándoselo? Tú, Sam. Y ahora tendrás que lidiar con las consecuencias.

–Sí –admitió Sam con amargura–. Lo reconozco, y ya has dejado claro que tu ámbito de influencia es muy amplio, pero no será a costa de la felicidad de mi hijo y de su sensación de seguridad.

–Tú ya has actuado en detrimento de la felicidad de nuestro hijo. Durante tres años, has evitado que no supiera que tiene un padre. Has dañado su desarrollo de forma irreparable.

«Nuestro hijo», pensó Sam, recordando sus palabras, y sintió que se le tensaba todo el cuerpo.

–¿Cuál es tu propuesta, Rafaele?

En el fondo, Sam se asombraba de haber compartido momentos de intimidad con aquel hombre. De haber estado tumbada a su lado en la cama y de haberlo mirado a los ojos. Durante la última noche que pasaron juntos, antes de que él se marchara en viaje de negocios, ella le acarició el rostro repasando cada uno de sus rasgos. Él le agarró la mano, le besó la palma, y ella vio algo en su mirada que provocó que se le acelerara el corazón...

–Lo que propongo es que, puesto que en el futuro próximo voy a estar en Inglaterra, quiero formar parte de la vida diaria de Milo para que pueda llegar a conocerme.

–¿En el futuro próximo? ¿Qué significa eso? No puedes establecer una relación con él y luego marcharte cuando termines tu trabajo, Rafaele.

Él se puso en pie y metió las manos en los bolsillos.

–No te preocupes, Sam, no tengo intención de alejarme de él, independientemente de dónde me lleve mi trabajo. Milo es mi hijo, igual que es hijo tuyo. Tú has disfrutado de él durante tres años de su vida y no permitiré que nunca más me vuelvas a negar la posibilidad de verlo. Quiero que esté aquí, conmigo.

–¿Aquí, contigo? Eso es ridículo. ¡Tiene tres años!

–Por supuesto, tú también tendrás que venir –aclaró Rafaele.

–¡Ah, gracias! ¿Debo sentirme agradecida por que me dejes estar con mi hijo?

–Creo que ningún juez fallaría a favor de una madre que ha escondido a su hijo de su padre sin ningún motivo aparente.

–Rafaele, no podemos dejarlo todo y venir a vivir contigo. No es práctico –y la idea de pasar más tiempo a solas con ese hombre la asustaba.

–Estaré bajo el mismo techo que mi hijo. Soy su padre y no pienso negociarlo. Tú puedes ser parte de todo esto o no. Evidentemente, será más fácil si estás. Y, puesto que vamos a trabajar juntos otra vez, resultará más práctico.

–Eres completamente irracional. Por supuesto que tengo que estar con mi hijo... Eso es innegociable.

Rafaele dio un paso adelante y, a pesar de que tenía las manos en los bolsillos, ella se sintió amenazada.

–Bueno, entonces, te harás una idea de cómo me siento, Samantha. Espero que vengas con Milo y las maletas mañana por la noche, y, si no, iremos a juicio y allí se decidirá cómo nos repartiremos el tiempo para estar con él. Está claro que piensas que se puede prescindir de uno de los progenitores, ¿por qué no probamos esa teoría prescindiendo de ti?

–Soy consciente de que no has podido disfrutar de Milo durante este tiempo, y de que debería habértelo dicho antes, pero tenía mis motivos y pensaba que eran válidos.

–Muy generosa por tu parte, Samantha –dijo Rafaele en tono de burla.

–Para nosotros no es práctico venir aquí. Es tu casa, y es muy bonita...

–No es mía –dijo Rafaele–. Es de un amigo. Se la estoy alquilando.

–Más motivos por lo que no es una buena idea, ni siquiera es tu casa permanente. Milo tiene establecida una buena rutina donde estamos. Hay un apartamento junto a la casa, donde vive Bridie.

Rafaele arqueó una ceja.

–¿Su niñera?

Sam asintió.

–Fue el ama de llaves de mi padre desde que yo tenía dos años, cuando murió mi madre. Me cuidó hasta que crecí, y se quedó conmigo cuando mi padre falleció hace dos años.

–Lo siento –dijo Rafaele–. No lo sabía.

–Gracias –contestó ella–. La cosa es que Bridie conoce a Milo desde que nació. Ella me ayuda. Tenemos un buen acuerdo. Tener a alguien que cuide de tu hijo de manera regular es como tener oro en polvo.

–Creo que no es necesario que te recuerde que tener que pagar a una niñera será la última de tus preocupaciones, si lo dejas en mis manos.

De pronto, Sam se sintió mareada. Rafaele debió de notarlo porque, al instante, se colocó a su lado y la agarró del brazo.

–¿Qué ocurre? *Dio,* Sam, parece que acabes de resucitar.

El hecho de que la llamara Sam provocó que algo se encogiera en su interior. Odiaba que Rafaele la viera en ese estado. Retiró el brazo y dijo:

–Estoy bien...

Rafaele la agarró de nuevo y la hizo sentarse en el sofá. Después, se acercó al mueble bar y sirvió un poco de brandy en una copa. Regresó junto a Sam y se la entregó.

Sam bebió un sorbo y, al cabo de un momento, se sintió un poco mejor. Dejó la copa y miró a Rafaele, que se había sentado de nuevo frente a ella.

–Mira, tú mismo has dicho que estás alquilando este sitio. Sería una locura hacer que Milo saliera de la única casa que conoce desde que es un bebé –insistió–. La casa de mi padre es muy cómoda. Bridie vive en la puerta de al lado. La guardería está al final de la calle. Tenemos un parque cerca. Los fines de semana vamos a nadar a la piscina local. Él juega con los niños de los vecinos. Es una zona segura. Nos cuidamos unos a otros y todo el mundo adora a Milo.

—Lo describes como un lugar idílico.

Ella se sonrojó al oír sarcasmo en su voz.

—Tenemos suerte de estar en una buena zona.

—¿Y cómo te las has arreglado económicamente?

La pregunta de Rafaele la pilló por sorpresa.

—Bueno... Al principio, no fue fácil. Tuve que retrasar mi doctorado un año. Mi padre estaba enfermo... Yo tenía algunos ahorros y él tenía su pensión. Cuando murió, la hipoteca ya estaba pagada. Bridie cuidaba de Milo mientras yo hacía mi doctorado y, después, tuve la suerte de que me contrataran enseguida en el programa de investigación. Salimos adelante y tenemos lo que necesitamos.

Era evidente que Sam hablaba con orgullo, y Rafaele no tuvo más remedio que reconocerle el mérito. Ella no había ido corriendo a buscarlo después de enterarse de que el embarazo era viable. No conocía a ninguna mujer que no se hubiera aprovechado de la situación. Y, sin embargo, Sam había decidido continuar sola.

—¿Habrías venido a buscarme si hubieses necesitado dinero?

Rafaele vio que palidecía al oír sus palabras, y algo se le removió por dentro. Sam habría preferido luchar antes de volver a verlo. Desde que se enteró de la noticia de que tenía un hijo, Rafaele no había reparado en que el hecho de que sintiera la obligación de ir a ver a Sam otra vez había hecho que ignorara su decisión de mantenerse alejado de ella, y había ido a su casa con ciertas expectativas. Empezaba a ser algo muy similar al deseo.

Rafaele se puso en pie.

—No veo qué tiene que ver todo esto con que yo consiga lo que quiero... A mi hijo.

Sam también se puso en pie. Tenías las mejillas sonrojadas y, al verla, una ola de deseo invadió a Rafaele.

—Es así. No lo comprendes, ¿verdad? No se trata de ti o de mí. Se trata de Milo y de lo que es mejor para él. No es una marioneta, Rafaele, no se le puede mover de un sitio a otro sin más para vengarte de mí. Sus necesidades son prioritarias.

Rafaele se sintió dolido por sus palabras. Ella tenía derecho a sentir indignación maternal porque había vivido el proceso de vínculo con Milo. Él no, pero sabía que ella tenía razón. No podía sacar a su hijo de su rutina, por mucho que lo deseara. Sin embargo, odiaba a Sam por ello.

—¿Y cuál es tu propuesta?

—Dejamos a Milo tal y como está, en casa, conmigo. Y tú vienes a verlo... Llegaremos a un acuerdo durante el tiempo que estés en Inglaterra y, después, cuando veamos cómo funciona, podemos pensar en un acuerdo más a largo plazo. Al fin y al cabo, tú no vas a estar aquí siempre...

Sam se movió para agarrar su bolso, y él no pudo evitar fijarse en cómo, al moverse, sus senos se presionaban contra la blusa, recordándole lo mucho que había deseado acariciárselos la primera vez, y lo que había sentido al hacerlo, la manera en que encajaban en sus manos a la perfección. El hecho de que el recuerdo fuera tan vívido no le gustaba.

Sam era la única mujer que tenía la capacidad de sacarlo de su zona de confort. Y eso suponía un grave peligro.

—¿De veras crees que es tan fácil? ¿Que resulta sencillo aceptar tus condiciones?

—No puedes hacer esto, Rafaele. No puedes insistir

en hacerlo a tu manera. No es justo para Milo. Si quieres que llegue a conocerte, tendrá que ser en su entorno. Y, aun así, resultará confuso para él.

Rafaele se acercó a Sam.

—¿Y de quién es la culpa? —le recordó—. ¿Qué es lo que esperas, Sam? ¿Que después de un par de visitas yo me aburra y os deje en paz?

Ella tragó saliva.

—Por supuesto que no.

Era lo que esperaba. Él lo sabía. Confiaba en que aquello solo fuera algo pasajero y que, al cabo de un tiempo, él perdería interés y los dejaría en paz.

De pronto, Rafaele deseó meterse de lleno en la vida de Sam. Y poseerla. Recordaba el momento mágico en el que ninguno de los dos era capaz de respirar porque él estaba penetrándola en profundidad...

—Esto saldrá a mi manera o no saldrá —soltó él, tratando de erradicar las ardientes imágenes y de controlar la reacción de su cuerpo.

—Rafaele...

—No, Samantha. Admito que tienes razón en que Milo es la prioridad, así que acepto que debe quedarse donde esté más seguro.

—¿De veras?

Rafaele no se molestó en contestar y continuó.

—Entonces, teniendo en cuenta todo ello, se me ha ocurrido la solución.

Ella tragó saliva con nerviosismo. Rafaele sonrió y disfrutó al ver que, cuando ella posó la mirada en sus labios, sus ojos adquirían un brillo de deseo.

—Me mudaré a vivir con vosotros.

Sam lo miró a los ojos asombrada.

—Lo siento... Creo que no te he oído bien... ¿Qué has dicho?

Rafaele sonrió todavía más, disfrutando por primera vez en varios días.

–Me has oído bien, Samantha, he dicho que me mudaré contigo. De ese modo, no tendrás motivo para negarme la posibilidad de estar con mi hijo, puesto que yo habré hecho todo lo posible para adaptarme a vuestras necesidades, ¿no te parece?

–Pero no puedes... Quiero decir... –le costaba pensar–. No hay espacio para todos.

Rafaele arqueó una ceja.

–A mí me parece que la casa tiene un tamaño decente. Supongo que, al menos, tendrá tres dormitorios. Yo solo necesito uno.

–No es buena idea. No estarás cómodo. No es adecuada para tus necesidades –gesticuló para señalar la opulencia de la casa en la que vivía él.

–Este sitio es demasiado grande para mí. De pronto, prefiero vivir en un lugar mucho más modesto.

Sam negó con la cabeza.

–No. No va a suceder. Quizá, si te mudaras a una casa cercana...

De pronto, Rafaele estaba demasiado cerca y Sam se quedó sin habla.

–No, Samantha. Voy a mudarme con vosotros y no podrás hacer nada al respecto. Ya me he perdido mucho tiempo de la vida de mi hijo y no estoy dispuesto a perder ni un momento más.

–Por favor –dijo Sam, con voz temblorosa, tiene que haber otra manera de hacer esto.

Rafaele se acercó más a ella. Sam percibió su aroma y vio la barba incipiente en su mentón. Al momento, sintió un nudo en el estómago.

–Sam, el motivo por el que no quieres que me quede... ¿No será porque todavía hay algo ahí que...?

Sam lo miró y pestañeó. Sus ojos tenían un color verde muy intenso. Y ella estaba derritiéndose. Sin embargo, al ver una pizca de cinismo en su mirada, consiguió liberarse de su hechizo. La aterrorizaba la idea de que la volviera a tocar, como antes, y dio un paso atrás.

El hecho de que Rafaele se hubiera dado cuenta y sospechara que todavía sentía algo por él hizo que un fuerte sentimiento de vergüenza se apoderara de ella.

—No seas ridículo, Rafaele –dijo ella con frialdad–. No me siento atraída por ti, igual que tú no te sientes atraído por mí. Eso terminó hace mucho tiempo.

—Entonces, no veo problema en compartir casa contigo para que me resulte más fácil conocer a mi hijo, al que me has estado ocultando durante tres años.

Sam decidió que, si seguía luchando contra Rafaele, solo conseguiría empeorar las cosas. Además, corría el riesgo de que él empezara a jugar con ella otra vez y no pudiera evitar delatarse. No debía olvidar que la había rechazado de manera cruel y que no podía mostrarle el daño que le había causado.

Trató de convencerse de que, como Rafaele trabajaba mucho, apenas lo vería. Y dudaba de que aguantara más de una semana en aquel aburrido vecindario de Londres.

Los hombres como Rafaele, hijo de un conde italiano y una famosa belleza española, estaban acostumbrados a las cosas buenas y a las mujeres bellas. Y a conseguir lo que se proponían.

Aferrándose a eso, y a la idea de que, puesto que su casa no le serviría como refugio para sus amantes, pronto se aburriría de estar allí, Sam alzó la barbilla y dijo:

—¿Cuándo piensas mudarte?

Capítulo 4

CUATRO días más tarde, un viernes por la noche, Sam estaba muy tensa esperando a que apareciera Rafaele. Iba a mudarse esa noche y, durante toda la semana, su equipo había estado preparando la casa para su llegada.

El lunes por la noche, cuando Sam regresó de casa de Rafaele, tuvo que sincerarse con Bridie y contarle lo que había sucedido.

–¿Dices que es su padre?

–Sí –contestó Sam en voz baja y miró a Bridie para que fuera discreta, puesto que Milo estaba viendo la tele en el salón.

–Su padre... Vaya, Sam. Siempre imaginé que sería un camarero o un mecánico de la fábrica... Pero no, es el jefe... El señor Falcone.

–Solo va a mudarse temporalmente. Se aburrirá al cabo de una semana, créeme.

–Por el bien de Milo, espero que no.

Al cabo de unos momentos, Sam dejó de fregar los platos de la cena. Oyó que Milo hablaba con Bridie, y se planteó que tenía que dejar de pensar en sí misma y pensar en él. Era la única manera de manejar aquello, porque, si se centraba en lo que para ella significaba estar tan cerca de Rafaele otra vez, le entraban ganas de salir corriendo.

Bridie regresó a la cocina y Sam le dijo:

–No es necesario que esperes a que llegue.

El ama de llaves sonrió y comenzó a secar los platos.

–No me perdería esto por nada del mundo, Sam. Es mejor que la visita que hizo el papá a Dublín en los años setenta.

De pronto, se oyó el ruido de un motor.

–¡Un coche! –exclamó Milo cuando entró entusiasmado a la cocina.

Ellos no tenían coche, así que Sam no pudo evitar que el pequeño saliera corriendo otra vez y se dirigiera a la puerta. Cuando sonó el timbre, comenzaron a sudarle las palmas de las manos. Antes de que pudiera reaccionar, Bridie ya se dirigía a abrir y, para su sorpresa, Sam se fijó en que se había puesto un delantal, cuando nunca lo llevaba.

Cuando se abrió la puerta, Sam miro a Rafaele y sintió que le daba un vuelco el corazón.

–Es el hombre –dijo Milo, que estaba junto a Bridie–. ¿Tiene un coche? –preguntó el pequeño.

Rafaele estaba mirando a Sam fijamente y se alegraba de que Bridie estuviera situada entre ambos. El ama de llaves se presentó y lo invitó a entrar.

Rafaele aceptó, y Sam notó una fuerte presión en el pecho. Resultaba extraño verlo en aquella casa. Finalmente, reunió fuerzas y se acercó a Milo para tomarlo en brazos.

–Señor, ¿tiene un coche? –el pequeño repitió su pregunta.

Rafaele miró a Milo, y Sam se percató de que se había sonrojado. Su mirada adquirió un brillo que ella nunca había visto antes... O quizá sí... En una única ocasión...

Bridie se excusó diciendo algo acerca de preparar un café, y los tres se quedaron a solas.

–Sí, tengo un coche... Me llamo Rafaele... ¿Y tú?

Milo ocultó el rostro contra el cuello de Sam.

–¿Recuerdas que te conté que el señor Falcone iba a mudarse a vivir con nosotros una temporada? –le preguntó ella.

Milo asintió contra su cuello. Ella miró de nuevo a Rafaele.

–Es un poco tímido con los desconocidos.

Rafaele la miró fijamente, como recordándole cuál era su parentesco con el niño.

Sam se apresuró a decir:

–Puedes dejar la chaqueta y tus cosas en el recibidor.

Él se quitó el abrigo y, en ese momento, Bridie apareció de nuevo y retiró a Milo de los brazos de Sam.

–Creo que es hora de irse a la cama... He preparado algo de beber en la sala de estar.

Sam se contuvo para no poner una mueca. ¿Desde cuándo Bridie se refería al salón como «la sala de estar»?

–Subiré enseguida para leerte un cuento –le dijo Sam al pequeño.

Después oyó que Milo decía:

–Quiero ver el coche.

Y a Bridie respondiéndole que podría verlo por la mañana si era buen chico y se lavaba los dientes antes de irse a dormir.

Odiando a Rafaele por haberles impuesto su presencia de ese modo, forzó una media sonrisa y dijo:

–Debería hacerte un tour, ¿no?

Rafaele sonrió.

–Sería estupendo.

Sam le mostró la casa y, cuando llegaron al estudio, Rafaele se fijó en que habían instalado todo su equipo allí.

–¿Este era el estudio de tu padre? –preguntó.

–Sí –contestó ella, y se emocionó al recordar las horas que había pasado allí su padre, ajeno a todo lo demás. Incluida su hija.

–No deberían haber instalado mis cosas aquí... No es apropiado.

Sam miró a Rafaele, sorprendida.

–No... Está bien. Solía estar vacío y pensé que debía utilizarse. Créeme, podrías haber colocado todo esto mientras él seguía vivo y no se habría dado cuenta.

Al ver que Rafaele la miraba fijamente, salió de la habitación y dijo:

–Vamos arriba. Te mostraré tu dormitorio.

Una vez en el piso de arriba, se puso a abrir y cerrar puertas a toda velocidad. Cuando pasaron por delante del baño donde Milo se estaba cepillando lo dientes, Rafaele se detuvo un instante. Sam lo miró y se estremeció al ver que la censuraba con la mirada.

Al llegar a su dormitorio, Sam no abrió la puerta y simplemente le indicó que allí era donde dormía. Rafaele se adelantó y abrió para contemplar el interior antes de dedicarle una mirada burlona. Sam no quería ni imaginar lo que él debía de pensar sobre su dormitorio. No lo había redecorado desde que se marchó a la universidad, y las paredes todavía estaban empapeladas de color rosa.

La decoración dejaba entrever sus más íntimos deseos de adolescente. Ser como el resto de las chicas y que no la consideraran la empollona de la clase. No era de extrañar que Rafaele la sedujera tan fácilmente.

Tratando de no pensar en ello, tragó saliva, adelantó a Rafaele y cerró la puerta en sus narices. Después, lo guio hasta su dormitorio.

Por fortuna, se encontraba al otro lado de la casa,

alejado del dormitorio de Milo y del de Sam. Además, tenía su propio baño y, así, Sam no tendría que cruzarse con Rafaele medio desnudo por el pasillo.

Él miró rápidamente la habitación y no dijo nada. Sam lo guio de nuevo hasta el salón, donde Bridie había dejado preparado el café. Sam le sirvió una taza y se la entregó. Rafaele la aceptó y se sentó en el sofá.

—Tienes una casa bonita —dijo él.

Sam se sentó lo más alejada de él que pudo y contestó:

—No es a lo que estás acostumbrado.

Él la miró y repuso:

—No soy un snob, Samantha. Puede que haya tenido una infancia privilegiada, pero, cuando me lancé a remontar Falcone Industries, no tenía nada más que lo puesto. Vivía en un apartamento del tamaño de tu porche y trabajaba en tres sitios para poder estudiar en la universidad.

Sam frunció el ceño.

—Pero tu padrastro era un millonario griego...

Rafaele puso una mueca.

—Y me odiaba porque no era hijo suyo. El único motivo por el que me pagó los estudios fue mi madre. Se lavó las manos en cuanto pudo y tuve que devolverle cada céntimo que él había pagado por mi educación.

Nunca se lo había contado a Sam, porque siempre evitaba hablar de temas personales. Ella siempre había pensado que lo habían ayudado a reflotar Falcone Industries. Había sido una de las empresas que más éxito había tenido en los últimos tiempos. Sam recordaba que su madre lo llamaba de vez en cuando y que solían conversar en español.

—¿Cómo está tu madre? —preguntó Sam, sin saber qué más decir.

–Murió hace tres meses de un ataque al corazón.

–Lo siento, Rafaele –respondió Sam–. No tenía ni idea... No lo he leído en los periódicos.

Su madre había sido una modelo famosa, y sus matrimonios y amantes eran conocidos por todos. Se rumoreaba que había abandonado al padre de Rafaele cuando se enteró de que lo había perdido todo menos el título, pero algo que Sam había oído cuando había trabajado como becaria en Falcone Industries.

Rafaele negó con la cabeza.

–La crisis económica griega le hizo sombra, así que casi no apareció en los periódicos. Algo que agradecimos.

Sam recordaba que Rafaele odiaba la presencia constante de los paparazzi. De pronto, Rafaele dejó la taza y se puso en pie. Sam lo miró y se fijó en lo atractivo que estaba. ¿Cómo conseguiría estar con él veinticuatro horas bajo el mismo techo? ¿Y seguiría durmiendo desnudo...?

–¿Vas a decírselo?

Sam se sonrojó al ver que Rafaele la miraba con expectación. Se puso en pie y le preguntó:

–¿Decirle qué, a quién?

–¿Cuándo vas a decirle a Milo que soy su padre?

Sam se cruzó de brazos.

–Creo que cuando esté acostumbrado a que estés aquí. Cuando te conozca un poco más, se lo diremos.

Él asintió.

–Me parece bien –contestó.

En ese momento, Bridie asomó la cabeza por la puerta.

–Me voy, cariño. Milo está esperando el cuento. Si me necesitas el fin de semana, llámame. Me alegro de conocerlo, señor Falcone.

Sam se disponía a acercarse a la puerta cuando Bridie se volvió y le dijo en voz baja:

–Quédate donde estás.

Rafaele murmuró «buenas noches» y Bridie se marchó.

–Tengo que ir a ver a Milo, si no, vendrá a buscarme.

–Yo también tengo trabajo que hacer, si no te importa que utilice el estudio.

–Por supuesto que no –dijo ella, y se marchó.

Rafaele oyó que Sam subía las escaleras a toda velocidad y negó con la cabeza. Miró a su alrededor una vez más. Desde luego, no era el entorno al que estaba acostumbrado, a excepción de los años en los que no había hecho más que trabajar, estudiar y dormir.

Le sorprendía la facilidad con la que le había contado a Sam algo de lo que nunca hablaba. No era un secreto que le hubiera dado la espalda a su padrastro para reflotar el legado familiar, pero la gente solía sacar sus propias conclusiones.

Rafaele apretó los labios. Anteriormente, se había resistido a contarle cosas personales y se había conformado con concentrarse en mantener una relación física. Evitando así, llegar a una relación más íntima.

Blasfemó y se pasó la mano por el cabello. Había ido a ver a Sam directamente desde una reunión de trabajo y, nada más entrar en la casa, sintió una especie de claustrofobia y una necesidad imperiosa de salir, subirse al coche y marchar en dirección opuesta.

Durante unos segundos, al ver a Sam esperándolo en el recibidor, solo había sido capaz de recordar cómo la había devorado pocos días atrás. Pensó en que podía haber enviado a sus abogados sin más y esperar a que la condenaran por haberle ocultado a su hijo.

Sin embargo, en cuanto vio a Milo en los brazos de Sam, la sensación de claustrofobia desapareció. Por eso estaba allí. Porque no quería que pasaran más meses antes de tener la oportunidad de decirle a su hijo quién era. Más meses sumados a los tres años que se había perdido de la vida del pequeño. Rafaele nunca había llegado a perdonar a su propio padre por apartarse de su vida tan drásticamente. Por haber invertido tanto tiempo con una mujer que nunca lo había amado. Por convertirse en un hombre llorón e inservible.

Durante años, Rafaele se había sentido celoso de su hermano Alexio, que se había criado con todo el apoyo y el amor de su padre. Sin embargo, Rafaele sabía que Alexio consideraba que su padre era un hombre muy opresivo, y que eso había provocado que rechazara su herencia. Sonrió para sí. ¿Eso significaba que nunca se llegaba a alcanzar la felicidad?

Se dirigió al estudio, se sentó detrás del escritorio y encendió varias máquinas. Al oír movimiento sobre su cabeza, se detuvo un instante y, cuando se percató de que debía de estar debajo de la habitación de Milo, se le encogió el corazón. Obedeciendo un impulso que no podía ignorar, Rafaele se puso en pie y se dirigió al piso de arriba en silencio.

Vio que la puerta de la habitación de Milo estaba entreabierta y se detuvo para mirar. La escena le hizo contener la respiración. Sam estaba apoyada contra el cabecero y tenía a Milo entre sus brazos. Ella le leía un cuento en voz alta, y Milo se reía cada vez que cambiaba de voz.

Rafaele se había olvidado de que ella utilizaba gafas para leer y escribir. Le daban un aspecto de mujer aplicada y sexy a la vez. Incluso con los pantalones vaqueros y la blusa blanca que llevaba, las curvas de su cuerpo se hacían evidentes. La escena era desconcertante. Él nunca había imaginado que la vería en esa situación. Sin embargo, Rafaele experimentó el recuerdo de un sentimiento que había aplacado cruelmente cuando ella le contó que estaba embarazada. Antes de sospechar que ella podía haberlo planeado, había sentido algo frágil y extraño.

La odiaba por hacerlo sentir de esa manera. Por invadir su imaginación en los momentos más inesperados durante los últimos cuatro años. Por tener la capacidad de hacerlo reaccionar de esa manera.

Rafaele miró a su hijo y se llevó la mano al pecho, donde empezaba a fraguarse un intenso dolor. No permitiría que Sam lo apartara de nuevo de la vida de su hijo, costara lo que costara. Incluso aunque para ello tuviera que pasar veinticuatro horas junto a ella. Podría resistirlo. ¿Cómo podía desear a una mujer que le había negado su derecho más básico? Un hijo de su propia sangre.

Más tarde, cuando Sam estaba en la cama, trató de asimilar el hecho de que, a partir de ahora, viviría y trabajaría con Rafaele Falcone. La idea de regresar al ambiente de la fábrica la hacía sentirse extraña. Aunque le había encantado la experiencia de trabajar como becaria en una de las empresas de automoción más innovadoras y exitosas de mundo.

Rafaele había labrado su fortuna inicial al idear un programa de ordenador que era de gran ayuda a la hora de diseñar coches. De ese modo, había conseguido reflotar Falcone Motors y que los coches de su marca se convirtieran en los más codiciados, tanto para la carretera como para los circuitos de carreras.

Y Sam había participado en todo ello, diseñando uno de los motores más eficientes del mercado. Desde el primer día, había sido muy consciente de la presencia de Rafaele. Al verlo por primera vez se sonrojó, sorprendiéndose al ver que era igual de atractivo en persona como en las fotos de los periódicos.

También le había sorprendido ver que era un hombre muy dispuesto, al que no le importaba ponerse manos a la obra y que sabía más que todos sus empleados juntos. Además, Sam se había encontrado con que había muchas mujeres trabajando en la fábrica, algo extraño en un sector esencialmente masculino. Era evidente que cuando Rafaele hablaba de igualdad de oportunidades, lo hacía en serio.

Cada día, Sam esperaba el momento de verlo con impaciencia, pero, cuando él se fijaba en ella, no podía evitar apartar la mirada como si fuera una adolescente inocente. Y lo era. Había pasado la infancia rodeada de libros y, mientras sus compañeras habían estado experimentando con chicos, ella había estado tratando en vano de establecer un vínculo con su padre, un hombre brillante pero despistado. Bridie siempre la había animado a que saliera y disfrutara, y a que dejara de estudiar tanto y de preocuparse por su padre.

Lo curioso era que, aunque siempre le habían atraído los temas típicamente masculinos, siempre había deseado sentirse más femenina. Y eso era lo que había conseguido Rafaele. Solo con mirarla, había provocado que Sam se sintiera como una verdadera mujer por primera vez en su vida.

Una de sus primeras conversaciones había sido acerca de un motor complicado. Los otros compañeros habían salido un momento y, cuando Sam se disponía a hacer lo mismo, Rafaele la había agarrado por la muñeca. Solo había sido un instante, pero la piel le quemó durante horas y en su vientre se instaló un fuerte calor.

–Bueno, ¿y de dónde ha sacado su interés por los motores, señorita Rourke? –le había preguntado Rafaele con voz sexy.

Ella se había encogido de hombros y había mirado hacia otro lado para evitar su mirada penetrante.

–Mi padre era profesor de física, así que crecí influenciada por la ciencia. Mi abuela paterna era irlandesa, pero vino a Inglaterra durante la Segunda Guerra Mundial a trabajar en las fábricas de coches. Al parecer, le encantaba trabajar con motores y, después de la guerra, continuó en el trabajo unos años antes de regresar a su casa para casarse –se encogió de hombros otra vez–. Supongo que me viene de familia.

Sam pensó en cómo era de joven y se avergonzó. ¡Se había dejado seducir con tanta facilidad! Había bastado un beso de Rafaele para que olvidara todo lo que había aprendido durante su infancia acerca de protegerse emocionalmente contra las personas inalcanzables.

Él le había susurrado que era una mujer sexy, bella y sensual, y ella se había derretido. Puesto que era una chica que había crecido negándose su propia sexualidad, no tenía ningún mecanismo de defensa para lidiar con un hombre seductor con tanta experiencia como Rafaele.

Ella se había enamorado de él en un abrir y cerrar de ojos. Y su mundo había cambiado por completo, llenándose de vestidos bonitos y citas embriagadoras. Incluso, una noche, la había llevado a cenar a Venecia en su helicóptero.

Y después estaba el tema del sexo. Él le había robado la inocencia con mucha ternura, y había sido una experiencia tan maravillosa que se había convertido en algo adictivo. Sam nunca había imaginado que, con su aspecto casi masculino, podría excitar a alguien de esa manera, y mucho menos a un hombre como Rafaele Falcone, que podía elegir a las mujeres más bellas del mundo.

Durante su corta relación, él le había dicho:

—Samantha... no te enamores de mí. No esperes nada más porque no tengo nada que dar a alguien como tú.

Sam no lo había escuchado y había tratado de convencerse de que él debía de sentir algo por ella, porque cuando hacían el amor era como si traspasaran todo lo que los confinaba en la tierra y tocaran algo profundo.

Sin embargo, en aquellos momentos, ella se había reído y había dicho:

—¡Tranquilo, Rafaele! No todas las mujeres que conoces han de enamorarse de ti. Sé lo que tenemos. Solo sexo.

Sam se había obligado a pronunciar aquellas palabras a pesar de que le resultaban muy dolorosas. Por supuesto, había mentido. La realidad era que había quedado cautivada por el encanto de Rafaele como cualquier otra mujer.

Si acaso, él le había dado una lección de por vida. Durante unos instantes, ella había perdido la cabeza y olvidado que solo era un sueño. Su mundo real era mucho más sencillo y su destino era regresar a él.

Sam golpeó la almohada que tenía bajo la cabeza como si así pudiera golpear los recuerdos también, cerró los ojos y se prometió que nunca demostraría lo mucho que aquel hombre la había herido.

—Mamá, el hombre todavía está aquí. Abajo, en la librería.

Sam abrió los ojos al notar que su hijo la sacudía. Finalmente, se había quedado dormida al amanecer.

–Te dije que iba a vivir con nosotros un tiempo, ¿no lo recuerdas? –le preguntó con un nudo en el estómago.

Milo asintió y preguntó:

–¿Y dónde está su casa?

Sam sonrió irónicamente. Su hijo no tenía ni idea de que su padre tenía casas por todo el mundo.

–Aquí en Londres no tiene casa.

–Ah –Milo se bajó de la cama y preguntó–. ¿Podemos tomar Cheerios ya?

Sam salió de la cama y agarró su bata. Después, al imaginar la cara que pondría Rafaele al verla con ese aspecto, se lo pensó mejor y se puso los vaqueros y un jersey fino, y se recogió el cabello en una coleta.

Milo estaba saltando de un lado a otro y paró un instante:

–¿Crees que él también desayuna Cheerios? –la miró preocupado–. ¿Y si se come los míos?

Sam se agachó y le pellizcó la nariz.

–No tocará tus Cheerios mientras yo esté aquí. De todos modos, sé que solo toma café para desayunar.

Sam se conmovió al recordar las mañanas en las que Rafaele le daba de desayunar sin que él probara bocado.

–Aj –dijo Milo, saliendo de la habitación–. El café es asqueroso.

Sam lo oyó bajar corriendo y respiró hondo antes de ir tras él. La puerta del estudio estaba entreabierta y, al pasar por delante y oír que Rafaele hablaba en voz baja, Sam sintió un cosquilleo en el estómago.

Milo estaba señalando la puerta con el dedo y diciendo:

–Está ahí dentro.

Sam asintió y se cubrió los labios con un dedo. Después, llevó a Milo a la cocina y preparó el desayuno.

Y, aunque sabía que Rafaele estaba en la casa, cuando se volvió y lo vio en la puerta de la cocina, con unos pantalones vaqueros y un jersey, se sobresaltó. La ropa no ocultaba su cuerpo atlético y musculoso. Estaba muy sexy.

El recuerdo del efecto que había tenido sobre ella cuatro años atrás todavía era muy intenso, pero Sam se esforzó para decir:

–Buenos días. ¿Has dormido bien?

Él sonrió, pero no se le iluminó la mirada.

–Como un tronco.

–Eso es una tontería –dijo Milo–. Los troncos no duermen.

Rafaele miró a su hijo, y Sam se fijó en la manera en que se suavizaba la expresión de su rostro. Él entró en la cocina y se sentó en la mesa, junto a Milo.

–¿De veras? Entonces, ¿qué tengo que decir?

Al ver que le prestaba atención, Milo se avergonzó y comenzó a moverse en la silla.

–La tía Bridie dice que duerme como un bebé, y los bebés duermen todo el tiempo.

–Está bien –dijo Rafaele–. He dormido como un bebé. ¿Te parece bien?

Milo miró de reojo a Rafaele.

–Eres muy gracioso cuando hablas.

Rafaele sonrió.

–Es porque soy de un país que se llama Italia, y hablo italiano. Por eso te parezco gracioso.

Milo miró a Sam.

–Mamá, ¿cómo es que no hablamos como el hombre?

Sam evitó la mirada de Rafaele, dejó el plato de cereales delante de Milo y dijo:

–Se llama Rafaele. Y no hablamos así porque somos de Inglaterra y hablamos inglés. A algunas personas también les parecemos graciosos.

Milo ya había empezado a desayunar y no era consciente de la tensión que había entre los dos adultos. Sam miró a Rafaele y empalideció. Su mirada lo decía todo: «El motivo por el que cree que soy gracioso es porque le has negado sus orígenes».

Sam se volvió hacia la cafetera y preguntó:

–¿Te apetece un café?

Oyó el ruido de una silla al moverse y se giró para ver que Rafaele se había puesto en pie.

–He tomado antes. Tengo que ir a la fábrica, pero volveré más tarde. No te preocupes por la cena ni nada de eso, tengo que salir a una ceremonia.

–Ah –Sam se apoyó en la encimera. Odiaba la sensación de decepción que la invadía por dentro–. Se me había olvidado que, para ti, los fines de semana son tan importantes como cualquier otro día.

«Excepto cuando pasaste todo el fin de semana conmigo en la cama, e incluso desviaste las llamadas», pensó.

–Vamos a recibir unas piezas que han fabricado especialmente para nosotros y tengo que asegurarme de que son correctas porque la semana que viene empezaremos a colocarlas en los coches nuevos –la miró de modo triunfal–. Algo en lo que participarás cuando vengas a trabajar la semana que viene.

Antes de que Sam pudiera responder, Rafaele se había agachado para hablar con Milo.

–Estaba pensando que quizá mañana te gustaría venir a dar una vuelta en mi coche.

A Milo se le iluminaron los ojos y miró a Sam con cara de súplica. Ella no fue capaz de negarse.

–Me parece bien, si mañana a Rafaele todavía le apetece. Puede que esté cansado...

–No estaré cansado.

–Vas a salir esta noche –le recordó Sam.

No pudo evitar imaginar que pasaría la noche con una mujer rubia y que regresaría a casa al amanecer, despeinado y con la barba incipiente.

Rafaele la miró y negó con la cabeza, como si hubiera leído su pensamiento.

–No estaré cansado –repitió.

Salió de la cocina y Sam lo siguió. Él la miró mientras se ponía la chaqueta, y vio que ella le ofrecía una llave.

–La llave de casa.

Él estiró el brazo para recoger la llave y, cuando sus dedos se rozaron, ella notó como una corriente eléctrica y retiró la mano, provocando que la llave se cayera al suelo. Avergonzada, se agachó y la recogió para entregársela de nuevo a Rafaele, evitando su mirada.

Después, él salió por la puerta sin decir nada. Sam se volvió y respiró hondo, percatándose de que Milo se acercaba a la ventana para ver cómo se alejaba el coche. Tenía que controlarse cuando estuviera alrededor de aquel hombre o, en menos de una semana, estaría destrozada.

Capítulo 5

ESA noche, desde la cama, Sam oyó el rugido de un potente motor y miró el reloj con incredulidad. ¿Ni siquiera era media noche y Rafaele ya había regresado a casa?

Sintiéndose como una adolescente, e incapaz de dormir, se acercó a la ventana y retiró una pizca la cortina. Tenía el corazón acelerado. Rafaele todavía no había salido del coche y, desde allí, ella podía ver que agarraba el volante con fuerza.

Sam tenía la sensación de que él se estaba imaginando que el volante era su cuello. De pronto, abrió la puerta del vehículo y salió. Sam se fijó en que llevaba un esmoquin, y recordó que tenía un vestuario completo en la oficina. Llevaba abierto el cuello de la camisa y la pajarita colgada a un lado.

Rafaele cerró la puerta del coche, se apoyó en él y metió las manos en los bolsillos. Parecía triste, y solitario. Sam sintió que se le encogía el corazón.

Se había quedado tan asombrada al verlo otra vez que ni siquiera había pensado en la sorpresa que debía de haberse llevado al descubrir que tenía un hijo. Nunca la perdonaría.

Sam cerró la cortina rápidamente y se metió en la cama de nuevo. Al cabo de un momento, oyó que abría y cerraba la puerta, que subía por la escalera y que se dirigía hacia su dormitorio.

Una hora más tarde, Sam abandonó la idea de intentar dormir. Se levantó de la cama y salió de la habitación. Todo estaba en silencio. Entró a ver a Milo y, al ver que estaba profundamente dormido, se dirigió a la cocina a beber agua.

Nada más entrar, se percató de que no estaba sola y se sobresaltó.

Rafaele estaba en una esquina tomándose un café, descalzo y vestido con pantalones vaqueros y camiseta.

–Me has asustado –dijo ella, llevándose la mano al corazón–. Creía que estabas acostado.

Rafaele arqueó las cejas y dijo en tono burlón:

–No me digas que no podías dormir esperando a que llegara a casa sano y salvo...

Sam frunció el ceño. Le horrorizaba la idea de que la hubiera pillado con ese aspecto. Solo llevaba unos pantalones cortos de pijama y una camiseta fina con cuello de pico.

La rabia se apoderó de ella. Había estado todo el día pensando en él, y odiaba tener que enfrentarse a Rafaele en aquellos momentos. Estaba enfadada consigo misma por no haberle contado lo de Milo en su debido momento.

–Solo he venido a por agua. No podía dormir, pero no tiene nada que ver con que tú llegaras a casa o no –dijo, mientras se acercaba al fregadero.

«Mentirosa», pensó Sam.

Sam oyó su voz sobre el ruido del agua.

–Yo tampoco podía dormir.

Ella se fijó en la taza de café y comentó:

–Bueno, no creo que eso ayude mucho.

Rafaele se encogió de hombros y se terminó el café. Dejó la taza, y dijo:

–Al ver que no podía dormir, decidí bajar a trabajar.

La miró entornando los ojos, y Sam agarró el brazo con fuerza.

–Sin embargo, puesto que estoy de invitado en tu casa, ¿quizá debí haberte pedido permiso?

–En realidad, no eres un invitado, ¿no? Has venido a castigarme, a vengarte de mí por no haberte contado lo de tu hijo.

Sam estaba nerviosa. Dejó el vaso y se le derramó un poco de agua. Apretó los puños y rodeó a Rafaele.

–Lo siento, ¿sabes? Siento no haberte contado lo de Milo. Debería haberlo hecho y no lo hice. Y lo siento.

Rafaele se quedó muy quieto y metió las manos en los bolsillos. El ambiente se volvió tenso.

–¿Por qué?

Una palabra, una simple pregunta, había bastado para que Sam se desmoronara por dentro.

Lo miró y dijo:

–Por todos los motivos que ya te he contado, Rafaele. Estaba en shock. Casi pierdo al bebé a los pocos días de enterarme de que estaba embarazada. Era demasiado. Y, en serio, creía que tú no tenías ningún interés... Que preferías que yo me marchara y no te molestara nunca más –Sam vio que él apretaba los dientes, pero continuó hablando–. Mi padre nunca estuvo pendiente de mí. Nunca. Ni siquiera a pesar de que fue él quien me crio y de que vivíamos en la misma casa. No sabía cómo relacionarse conmigo. Ni cuáles eran mis necesidades. Pensé que estaba haciendo lo correcto al mantener a Milo alejado de una experiencia similar.

Rafaele se cruzó de brazos y ella no pudo evitar fijarse en su poderosa musculatura.

–No tenías derecho.

–Lo sé –dijo ella–, pero sucedió, y vas a tener que asimilarlo o Milo se dará cuenta. Sobre todo ahora que vives con nosotros.

Rafaele sintió rabia al oír sus palabras. Sam estaba delante de él y, a pesar de la tensa conversación que mantenían, Rafaele deseaba arrancarle la camiseta y colocarla en la encimera para penetrarla.

Cuando la vio entrar en la habitación, solo se había fijado en la forma redondeada de sus senos y en sus pezones turgentes contra la tela de la camiseta. Su cabello despeinado le había recordado los momentos en los que ella había estado a horcajadas sobre su cuerpo, poseyéndolo con la cabeza echada hacia atrás.

El deseo se desbocó en su interior. Esa misma noche, había tratado de demostrar que no era Samantha la única mujer que tenía ese efecto sobre él y, para ello, había estado coqueteando con la novia de su amigo, e incluso le había entregado su tarjeta, desesperado por conseguir que su libido se alterara. Lo único que había conseguido era ofender a su amigo Andreas Xenakis, y no había demostrado nada.

Excepto que deseaba a Samantha más de lo que la había deseado nunca.

La odiaba. Y la deseaba. Y quería a su hijo.

–¿Asimilarlo? –preguntó él–. Creo que he demostrado que lo he hecho. ¿De veras crees que si no fuera por mi hijo estaría aquí, contigo? ¿Crees que quiero que trabajes en la fábrica conmigo por algún otro motivo, aparte de que quiero tenerte vigilada?

Ella palideció, y Rafaele sintió algo conmovedor en su interior, pero no fue capaz de parar.

–Tú nos has puesto en esta situación, al elegir ese camino. Al creer que sabías más que yo. Bueno, ahora soy yo el que sabe más y vas a tener que vivir con ello. Eres tú la que va a tener que asimilarlo, Samantha.

El dolor que sintió al oír las palabras de Rafaele provocó que se avergonzara. Rafaele se mostraba distante y poco conciliador. La idea de que pudieran llegar a algún tipo de acuerdo amistoso le parecía imposible. Y, sin embargo, se le había humedecido la entrepierna.

Recordó que, justo antes de quedarse dormido, Milo le había preguntado:

–¿Crees que el hombre...? Quiero decir, Rafaele... ¿Se acordará de llevarme en el coche mañana?

Y también lo que Rafaele había dicho acerca de que estaba haciendo todo lo posible por el bienestar de Milo, cuando parecía que lo único que le preocupaba era fustigarla.

–Puede que creas que estás sacrificando tu vida glamurosa por tu hijo, Rafaele, pero ¿qué pasará cuando te aburras y te marches? Milo ha estado hablando de ti todo el día. Tiene miedo de que te olvides de llevarlo en el coche mañana. Está dispuesto a convertirte en su héroe, y se quedará destrozado si sigues alimentándole esa posibilidad y luego desapareces de su vida –Sam respiraba de forma acelerada–. Eso es justo lo que quería evitar. Milo es muy vulnerable. No comprende lo que pasa entre nosotros. Puedes castigarme todo lo que quieras, Rafaele, pero ahora es Milo quien importa. Y no puedo volver a pedirte perdón.

–¿Qué te hace pensar que voy a desaparecer de la vida de Milo?

–Sabes bien a qué me refiero. No vas a quedarte aquí para siempre. Desaparecerás tarde o temprano. Milo se disgustará y no lo comprenderá.

Sam era consciente de que podría estar hablando de sí misma, acerca de lo que le había sucedido a ella.

Al ver que Rafaele daba un paso adelante, ella dio un paso atrás.

–Creo que esto no ha sido buena idea y que deberías marcharte antes de que se encariñe demasiado contigo. Podrás venir a visitarnos. De ese modo, no se disgustará tanto cuando te vayas y tendremos delimitados los espacios.

—¿Los espacios? ¿No te parece suficiente que en su momento decidieras que no era buena idea informarme de su existencia?

—No te gusta comprometerte, Rafaele. Me lo has repetido cientos de veces. Y un niño es puro compromiso. Para toda la vida.

—¿Cómo te atreves a tratarme de ese modo? Has podido disfrutar de la experiencia de dar a luz y de crear un vínculo natural con nuestro hijo... Un vínculo que a mí me has negado. Ahora me toca crear un vínculo con él, cuando su personalidad está prácticamente formada. Milo se ha perdido el vínculo natural que se crea entre un padre y un hijo. Tú nos has privado de ello a ambos.

Se detuvo frente a ella y, al inhalar el aroma que desprendía su cuerpo, a Sam le resultó muy difícil concentrarse. La rabia que ella sentía estaba mezclada con algo mucho más ardiente y peligroso.

—Puedo comprometerme con mi hijo durante toda la vida. Eso no es problema. Y cuando me marche de aquí, él ya sabrá que soy su padre. Formará parte de mi vida, igual que el aire que respiro —la fulminó con la mirada—. Quiero que lo sepas, Sam, ahora formo parte de la vida de Milo, y de la tuya, y no pienso marcharme. Soy su padre y no voy a eludir esa responsabilidad. Tú y yo tendremos que aprender a convivir.

—Estoy dispuesta a intentar convivir contigo, Rafaele, pero tendrás que perdonarme, tarde o temprano. Si no, nunca avanzaremos.

Rafaele permaneció allí un rato más después de que Sam se marchara. Tenía el corazón acelerado.

Sam no se imaginaba lo cerca que había estado de to-marla entre sus brazos para besarla de nuevo.

«Tendrás que perdonarme, tarde o temprano».

Por primera vez, Rafaele no sintió rabia. Recordó lo pálida que estaba Sam el día del hospital y, también, que él había sentido pánico, sintiéndose aliviado cuando pudo marcharse y alejarse de Sam y de los sentimientos que ella le había provocado.

«¿Habría hecho lo mismo si hubiese estado en el lugar de ella?», se preguntó por primera vez. «¿Si hubiera creído que no quería al bebé?». No era fácil, pero debía admitir el papel que él había jugado.

De pronto, recordó algo que Sam le había contado una noche mientras estaban en la cama. Ella ya le había hablado de la relación que tenía con su padre, pero, en esa ocasión, le contó que, cuando tenía seis años, una noche que no podía dormir, bajó y se encontró a su padre llorando en silencio sobre una foto de su difunta esposa, la madre de Sam.

Sam le había dicho:

–Mi padre estaba hablando con ella, con la foto, preguntándole qué debía hacer conmigo porque yo era una niña. Sus palabras fueron: «Si fuera un niño, sabría qué hacer... pero, con ella, no sé qué hacer ni qué decirle» –Sam había suspirado antes de continuar–. Esa noche, subí al baño, agarré un par de tijeras y me corté el pelo. Entonces, me llegaba hasta la cintura. Cuando, al día siguiente, me vio el ama de llaves, gritó y dejó caer un plato al suelo. Sin embargo, mi padre ni se percató. Estaba demasiado ocupado tratando de resolver un problema. Yo pensé que podía convertirme en un hijo para él...

Entonces, Rafaele comprendió por qué Sam desconfiaba tanto de su propia sensualidad. Él también sabía lo que era tener un padre ausente. Aunque de pequeño había pasado tiempo con su padre, el hombre había estado tan desolado por el abandono de su esposa, que nunca había expresado mucho interés por su hijo. En cierto modo, Rafaele sabía que reflotar la empresa familia había sido una manera de intentar recuperar el vínculo con su padre.

Todo eso había ocurrido el fin de semana que Rafaele había invitado a Sam a quedarse en su *palazzo*. Él había retrasado un importante viaje de negocios porque la deseaba demasiado como para marcharse. Y fue después de ese fin de semana, cuando se alejó de ella, cuando se percató del peligro que suponía tenerla cerca.

Y acababa de comprobar que nada había cambiado. Ella era igual de peligrosa y él no debía olvidarlo.

Al día siguiente, Milo estaba entusiasmado con el plan de ir en el coche de Rafaele. Era el último modelo de coches para carretera que había fabricado Falcone.

No era nada práctico para los niños, pero Rafaele había sorprendido a Sam y había puesto una silla de niño en el asiento de atrás. Cada vez que Sam se volvía para mirarlo, Milo sonreía como un bobo. Ella negó con la cabeza y se fijó en cómo Rafaele se alejaba de la casa.

Milo imitaba el ruido del motor. Sam todavía estaba tensa después de la discusión que habían mantenido la noche anterior. Durante el desayuno, había evitado mirar a Rafaele y había permitido que Milo fuera el protagonista.

Rafaele parecía contento de tener una distracción, y Sam no podía evitar preguntarse si se habría tomado en serio algo de lo que ella le había dicho. ¿Estaba preparado para perdonarla?

Sam se percató de que Milo llevaba un rato en silencio y, cuando volvió la cabeza, vio que se había quedado dormido. Rafaele la miró y Sam le comento:

—Estaba tan emocionado... Ya no suele echarse la siesta, pero, a veces, no puede evitarlo.

Estaba balbuceando, y la idea de tener que pasar tiempo con Rafaele cuando empezara a trabajar con él al día siguiente le asustaba. Intentó mantener la compostura y se volvió hacia él.

—Mira, Rafaele... Respecto a mi trabajo en la fábrica... —al ver que él apretaba los dientes, se apresuró a continuar—. Anoche dijiste que solo lo haces para mantenerme vigilada. Puedo trabajar desde la universidad. Después de lo de anoche, no sé cómo trabajar juntos va a ayudarnos a mejorar nuestra relación.

Él agarró el volante con fuerza y, al fijarse en sus manos, ella recordó cómo habían explorado su cuerpo.

—No debería haber dicho eso. No era del todo verdad.

Sam tragó saliva y lo miró.

—¿No? —de pronto, una llamita de esperanza se encendió en su interior.

—Después de todo, contacté contigo para que trabajaras para mí antes de saber lo de Milo, pero te negaste a escucharme.

—Sí —dijo ella—. Fue un shock recibir noticias tuyas.

Rafaele la miró de reojo y dijo:

—No me digas —dijo él, mirando a la carretera—. En cualquier caso, yo había oído hablar de tu investigación. Te mencionaron en un artículo de la revista *Automotive Monthly,* y me enteré de que estabas investigando acerca de los sistemas de recuperación de energía kinética.

Sam notó cómo se apagaba la llama. Por supuesto que a él solo lo había motivado el interés profesional.

–Ya veo –respondió–. ¿Y por eso quisiste contactar conmigo?

Rafaele se encogió de hombros.

–Sabía que íbamos a instalarnos en Inglaterra y pensé que todavía vivirías aquí... Me parecía lógico pedirte que trabajaras para nosotros otra vez...

Sam miró de reojo a Rafaele y vio que agarraba el volante con fuerza. También, que apretaba los dientes unos instantes.

–Respecto a lo de anoche, tenías razón. Estoy de acuerdo en que el pasado, pasado está, y en que tenemos que avanzar hacia delante. Yo tampoco quiero que Milo note la tensión que hay entre nosotros.

–Gracias –dijo ella–. Y yo tendré que confiar en que no harás nada que pueda hacer daño a Milo.

Rafaele detuvo el coche en un semáforo en rojo y la miró.

–Así es. Hacer daño a mi hijo es lo último que deseo en el mundo. No sucederá.

Sam se quedó en silencio al ver que su mirada era feroz. Al cabo de un rato, asintió con un nudo en la garganta, y dijo:

–De acuerdo.

–Y vendrás a trabajar conmigo, Sam... Porque quiero que lo hagas.

–Está bien –repuso ella.

Permanecieron en silencio el resto del viaje, pero Sam notó que se había relajado un poco. Sin embargo, se sentía más vulnerable que nunca.

Se fijó en que entraban en una casa señorial y miró a Rafaele arqueando una ceja. Él contestó diciendo:

–Le he pedido a mi secretaria que busque algunas

cosas para hacer. Aquí, abren al público los fines de semana. Tienen una granja, y pensé que a Milo le gustaría verla.

Milo se había despertado poco antes y gritó entusiasmado:

–¡Mira, mamá! ¡Caballos!

Sam vio que Rafaele miraba a su hijo por el retrovisor y sonreía.

–Después de los coches, son la otra cosa favorita que tiene. Estás matando dos pájaros de un tiro.

Rafaele la miró durante largo rato, posando la mirada en sus labios. Sam se sonrojó. ¿Por qué le dedicaba miradas como esa si no estaba interesado en ella? ¿Era algo que hacía de manera automática cuando tenía a una mujer cerca? Sam recordó el beso enfadado que había compartido, y cómo se había excitado ella cuando él solo pretendía demostrar que tenía razón.

–¿No deberías mirar hacia la carretera? –dijo ella.

Rafaele apartó la mirada, pero dijo con arrogancia seductora:

–*Cara*, podría conducir con los ojos vendados y no chocar.

Eso era lo que ella recordaba. La facilidad con la que Rafaele mostraba su encanto letal. Disgustada, Sam miró hacia delante y se cruzó de brazos.

Cuando salieron del coche, Milo no sabía qué hacer primero, si quedarse contemplando el coche o acercarse a ver a los animales. Durante un segundo, parecía abrumado por tener que decidir entre esas cosas tan emocionantes. Sam se sintió una pizca culpable porque lo más emocionante que había hecho con él había sido ir al parque o la piscina.

Para sorpresa de Sam, Rafaele se agachó a la altura de Milo, y dijo:

–*Piccolino*, el coche seguirá aquí cuando regresemos, así que, ¿por qué no vamos a ver a los animales primero?

Milo sonrió, y dijo:

–Claro, vamos a ver los caballos primero –agarró la mano de Rafaele y tiró de él hacia donde quería ir.

Sam se percató de que Rafaele se había emocionado y sintió una fuerte presión en el pecho. Era la primera vez que Milo lo había tocado.

Sam los siguió tratando de que, la imagen del hombre alto y poderoso acompañando al niño que tenía el cabello idéntico al de él, no la afectara demasiado.

Al cabo de unas horas, Sam se fijó en que Milo apenas había soltado a Rafaele en toda la jornada, y que estaba en sus brazos mientras observaban a los cerdos. Rafaele parecía encantado con la situación.

La miró, y ella se sonrojó.

–Creo que ahora es buen momento –dijo él.

Sam lo comprendió enseguida. Rafaele quería decirle a Milo quién era. El pánico se apoderó de ella. Hasta que Milo se enterara de que Rafaele era su padre, ella tendría la sensación de tener una escapatoria, pero no podía luchar contra ello. Él merecía que su hijo se enterara. Y Milo merecía saber que tenía un padre.

Sam asintió con nerviosismo.

–Está bien.

Así que, cuando Milo terminó de ver a todos los animales, buscaron un sitio tranquilo para comer lo que habían comprado en la cafetería y Sam le explicó a Milo que Rafaele era su padre.

Milo reaccionó con la imprevisibilidad de un niño de tres años, pestañeó, miró a Sam y luego a Rafaele, y dijo:

–¿Podemos ir a ver los caballos otra vez?

Rafaele no parecía muy sorprendido, pero cuando Milo se bajó de la silla y se alejó una pizca, Sam dijo:

–Supongo que es mucho para asimilar...

Rafaele la interrumpió y dijo con frialdad:

–Sé que lo ha comprendido. Me acuerdo de lo que son capaces los niños de tres años.

Se levantó para seguir a Milo antes de que Sam pudiera comprender sus palabras.

Cuando regresaron al coche, Milo comenzó a hablar sin parar en el asiento de atrás.

–Rafelli, ¿has visto los cerdos? ¿Y los caballos y las cabras? ¿Y los pollitos?

Sam miró por la ventana tratando de asimilar tantas emociones. Ya estaba. Milo ya sabía que Rafaele era su padre. No había vuelta atrás. Las lágrimas afloraron a sus ojos y experimentó un fuerte sentimiento de culpabilidad. Había mantenido a Milo apartado de su padre durante mucho tiempo.

De pronto, notó que Rafaele le agarraba la mano y le dio un vuelco el corazón.

–¿Sam?

Asustada por si él notaba su estado, Sam retiró la mano y se frotó un ojo, sin mirar a Rafaele.

–Estoy bien. Se me ha metido algo en el ojo.

Capítulo 6

DOS semanas más tarde, Sam estaba tratando de concentrarse en los resultados de una prueba y, al ver que no lo conseguía, dejó caer el bolígrafo sobre la mesa. Se levantó y paseó de un lado a otro del despacho que le habían asignado en la fábrica.

Tenía la sensación de que había pasado un año desde el día que fueron a la casa señorial. En muy pocos días, Milo había empezado a llamar «papá» a Rafaele. Bridie estaba encantada con la idea, Rafaele también, y Sam se sentía cada vez más vulnerable.

Bridie también había facilitado el hecho de que Sam se marchara cada día a trabajar con Rafaele, asegurándole que Milo estaría muy bien cuidado. Así que, en esas dos semanas, se había establecido una rutina en la que Rafaele llevaba a Milo a la guardería, a veces con Sam y otras sin ella, y después ambos se marchaban al trabajo y regresaban a la hora en que cenaba Milo. Sin embargo, Sam había insistido en que los miércoles solo trabajaría medio día, puesto que ese era el acuerdo que había establecido con Bridie.

Además, necesitaba sentir que todavía tenía cierto control porque sentía que Rafaele había tomado el mando de todo. Incluso una noche, al llegar a casa, se encontró un cocinero en la cocina, y Rafaele se defendió diciendo que era injusto pretender que Bridie cocinara para ellos además de cuidar a Milo.

La mayoría de las noches, Rafaele acostaba a Milo y le leía un cuento, provocando que Sam se sintiera innecesaria por primera vez en mucho tiempo.

Sam estaba encantada con el hecho de volver a trabajar en investigación dentro de una fábrica en la que los coches y los motores estaban a su alcance. Se había quedado impresionada con el tamaño de la fábrica que Rafaele había abierto en Inglaterra. Era evidente que durante los últimos tres años y medio le había ido muy bien. Profesionalmente habría dado su mano derecha por formar parte de su equipo y, de pronto, se encontraba supervisando a un grupo de mecánicos e ingenieros para que aplicaran su experiencia en el campo de la investigación y desarrollo de la tecnología más innovadora en el sector de la automoción, y todo gracias a la financiación ilimitada que había prometido Rafaele.

Sin embargo, se sentía como si fuera la estudiante de antes. La chica ingenua que estaba obsesionada con su jefe y que se sonrojaba cada vez que él la miraba. Era molesto y humillante, sobre todo cuando Rafaele se mostraba frío con ella y trataba de hacer lo posible por mantenerse alejado de su camino. Solo se dirigía a ella cuando formaba parte de un grupo y nunca la buscaba cuando estaba a solas.

Y durante los trayectos a la fábrica, la conversación se centraba en Milo o en el trabajo.

Ella cerró los puños con fuerza, aunque parecía que le dolía todo el cuerpo. Se alegraba de todo ello. No quería que la historia se repitiera. Ni en un millón de años. Casi le había resultado más fácil cuando Rafaele la odiaba, puesto que lidiar con esa incómoda tregua le resultaba mucho más confuso.

Sam se fijó en el reloj que había en la pared y se

percató de lo tarde que era. Normalmente, a esas horas, la secretaria de Rafaele ya la habría llamado para decirle que él estaba a punto de marcharse y, puesto que ella no conseguía concentrarse mientras lo esperaba, decidió salir a buscarlo en persona. Lo informaría de que se marchaba a casa. Él le había ofrecido un coche, así que a lo mejor había llegado el momento de hacerse más independiente.

De camino al despacho de Rafaele, se fijó en que la mayor parte de los empleados ya se habían marchado. El escritorio de la secretaria de Rafaele también estaba vacío y recogido.

Ella dudó un instante y llamó a la puerta del despacho. Al cabo de unos segundos, oyó que él decía:

–Adelante.

Rafaele levantó la vista mientras hablaba por el teléfono móvil y, al ver a Sam, no pudo evitar que su cuerpo reaccionara. Al ver que estaba al teléfono, ella se detuvo un instante e hizo ademán de marcharse, pero él levantó un dedo para indicarle que esperara.

Sam cerró la puerta, y Rafaele no pudo evitar ponerse nervioso. Llevaba dos semanas tratando de evitarla, pero por mucha distancia que pusiera entre ambos, la veía por todos sitios. Lo peor era por las noches, en casa, con su hijo durmiendo al final del pasillo, cuando él solo podía pensar en ir al dormitorio de Sam, desnudarla para colocarse entre sus piernas y penetrarla.

Su cuerpo reaccionó y no pudo evitar tener una erección, avergonzándose de su falta de control. La persona que estaba al otro lado de la línea continuó hablando, pero Rafaele no comprendía ni una palabra. Miró a Sam de arriba abajo, fijándose en la curva de su trasero mientras ella contemplaba la maqueta de uno de los primeros coches que él había diseñado.

Cuando se volvió, él se fijó en la curva de sus senos e inmediatamente recordó cómo le había salpicado los pezones con Prosecco, provocando que se le pusieran turgentes... Notó que su labio superior se cubría de sudor. Aquello era insostenible.

Decidió terminar la conversación telefónica, abandonando cualquier intento de control. Sam se había dado la vuelta para mirarlo, y él le preguntó:

—¿Qué quieres? —habló en tono más cortante de lo que pretendía.

Ella se sonrojó.

—Son las seis pasadas. Solemos marcharnos antes.

Rafaele se puso en pie y vio que Sam lo miraba asombrada. Su cuerpo reaccionó ante su manera de mirarlo, y él blasfemó en silencio.

—Creo que esto es un error.

—¿El qué? —preguntó ella con el ceño fruncido.

—Tú... Aquí —ni siquiera era capaz de pronunciar algo coherente. La imaginaba desnuda, abriéndose para él y ofreciéndole el alivio que no había encontrado con ninguna otra mujer.

—Yo... Aquí... —dijo ella, paralizada—. ¿Qué quieres decir, Rafaele?

Él apretó los dientes al oír cómo pronunciaba su nombre.

—No debería haber insistido en que trabajaras aquí. Ha sido una mala idea.

La expresión de dolor que inundó su mirada, le recordó a Rafaele lo que había sucedido cuatro años atrás en otro despacho.

—Creía que estaba haciendo todo lo que tú querías... Hemos montado la planta de investigación en una semana. Sé que hay mucho más trabajo por hacer, pero solo han pasado dos semanas...

–No es eso –dijo él.

–Entonces, ¿qué?

Rafaele estuvo a punto de soltar una carcajada. ¿Es que no se daba cuenta de que deseaba devorarla? Se sentía como una bestia persiguiendo a su presa.

–Eres tú. Únicamente. Creí que podría hacerlo, pero no puedo. Creo que deberías regresar a la universidad... Otra persona puede ocupar tu puesto aquí.

Sam enderezó la espalda y lo miró con rabia.

–Insististe en poner mi vida patas arriba, Rafaele, y ahora, solo porque no soportas verme, ¿crees que puedes echarme otra vez? Me parece que sobrestimaste tu deseo de control, ¿no crees? Bueno, si ya has decidido que eso es lo que quieres, no te preocupes. Estaré feliz de apartarme de tu camino.

Sam estaba temblando de impotencia y deseaba acercarse y darle una bofetada a Rafaele. Con fuerza. Estaba sucediendo lo mismo que cuatro años antes. Y parecía que no había aprendido nada durante ese tiempo. Estaba frente a Rafaele en su despacho, y él la estaba rechazando otra vez.

Y como en la otra ocasión, Sam temía derrumbarse ante él, así que corrió hacia la puerta. Intentó abrirla, pero se cerró con fuerza, y entonces, al sentir que él estaba detrás de ella, chilló sorprendida.

Se volvió con un nudo en la garganta, y dijo:

–Déjame salir de aquí, ¡ahora mismo!

–No lo has comprendido –replicó él, ignorando lo que ella le había dicho. Llevó la mano a su nuca y la miró fijamente con sus ojos verdes.

Sam trató de disimular el dolor que la invadía por dentro. Él estaba muy cerca, casi lo suficiente como para que sus senos rozaran su torso. De pronto, sus pezones se pusieron turgentes.

–¿El qué no he comprendido? –soltó ella.

–No he sobrestimado mi deseo de control... He sobrestimado mi capacidad para resistirme a tu presencia.

Sam pestañeó. Rafaele se había acercado a ella y su torso rozaba sus senos. No era capaz de pensar.

Él le sujetó la nuca con más fuerza y acercó el rostro al de ella, provocando que sintiera un fuerte calor en la entrepierna.

–Espera –dijo ella, y colocó las manos sobre su torso–. ¿Qué estás haciendo?

Percibió la cálida respiración de Rafaele sobre sus labios y cerró los dedos sobre su pecho. No podía apartar la mirada de sus ojos verdes. Momentos antes, había pensado que él quería que se marchara porque no la soportaba.

–En realidad, no me deseas...

–¿No? –preguntó él.

Sam se sintió confusa y trató de controlar la llamita de esperanza que se encendía en su interior.

–Suéltame, Rafaele. No voy a convertirme en tu amante circunstancial solo porque hayas estado excitado cinco segundos. No me gusta cometer los mismos errores.

Rafaele soltó una carcajada.

–¿Cinco segundos? Cuatro años, Sam... Cuatro años con un sufrimiento que no pasaba nunca, por mucho que intentara negarlo... Por mucho que intentara eclipsarlo...

Sam no era capaz de asimilar sus palabras, pero

sintió que algo se rompía en su interior, terminando con la poca resistencia que le quedaba.

–Te deseo, Sam, y sé que tú me deseas también.

Inclinó la cabeza y la besó de forma apasionada. Como antes, pero no. Sin rabia y sin recriminación alguna. Y, una vez más, Sam no pudo evitar responder. Ni negar el intenso placer que la invadía.

Rafaele se retiró jadeando, y Sam hizo lo mismo, demasiado excitada como para avergonzarse de lo mucho que lo deseaba. Él la deseaba también, así que no tenía de qué avergonzarse.

Rafaele se inclinó para besarla en el cuello, y Sam oyó que cerraba la puerta con llave, utilizando la mano que tenía en su espalda. Debería haberse acordado de los momentos acalorados del pasado, pero no lo hizo. Deseaba que sucediera aquello desde hacía mucho tiempo. Había pasado noches enteras, en las que Milo no quería dormir, paseando de un lado a otro, con los pechos doloridos de amamantarlo, pero deseando las caricias de Rafaele.

Rafaele la miró un instante y la agarró de la mano. Ella se mordió el labio inferior con timidez, y él se lo liberó con el dedo pulgar.

–*Dio*, cómo he echado eso de menos –dijo él, provocando que Sam se incendiara por dentro.

Él la guio hasta el escritorio y la rodeó para quitarle el bolso y la chaqueta. Después, colocó a Sam de espaldas contra el escritorio, le acarició el rostro y la besó con delicadeza. Ella no fue capaz de controlarse e introdujo la lengua en su boca. Estaba desesperada por sentir cada parte de su cuerpo, así que llevó las manos a su torso musculoso y le desabrochó los botones de la camisa para acariciárselo. Rafaele le sujetó el trasero con las manos y la levantó para sentarla sobre la mesa. Se colocó entre sus piernas y ella notó la hebilla del cinturón contra su vientre. Más abajo, la parte más potente de su cuerpo rozaba con fuerza su entrepierna, provocando que ella deseara que ambos se desnudaran.

Rafaele le sujetó la cabeza con una mano e introdujo la lengua en su boca una y otra vez, imitando el movimiento de otra parte de su cuerpo, mientras movía las caderas contra las de Sam y provocaba que ella gimiera de deseo.

De pronto, Rafaele se retiró, y dijo:

—Necesito verte —y comenzó a desabrocharle la blusa.

Le rozó los senos con el dorso de las manos, y ella se estremeció, imaginando cómo sería cuando se las acariciara con las manos... la boca y la lengua.

Él le retiró la blusa y el sujetador y la miró durante un largo momento, con una expresión enigmática que provocó que Sam sintiera un revoloteo en el estómago. Rafaele le acarició los senos, y ella se estremeció de placer. Arqueó la espalda, suplicándole de manera inconsciente...

Rafaele inclinó la cabeza y capturó uno de sus pezones con la boca. Al notar el intenso calor de su cuerpo, Sam gimió y, enseguida, comenzó a desabrocharle el cinturón. Lo sacó del pantalón y lo dejó caer al suelo, pero antes de que tuviera tiempo de continuar, Rafaele ya se había incorporado y se había bajado el pantalón. «Madre mía», pensó ella. Era tan magnífico como lo recordaba. Grande y erecto. Para ella.

Sam estaba ardiente de deseo. Llevó la mano hasta los botones de su camisa para desabrochársela y terminó de desnudarlo. Entonces, respiró hondo y le acarició el torso musculoso cubierto de vello varonil y los pezones turgentes.

Incapaz de resistirse, Sam exploró ese pedazo de su cuerpo con la lengua, consciente de que Rafaele le sujetaba la cabeza con una mano. Él respiró hondo y Sam subió la cabeza, acariciándole el cuello con la lengua y sintiendo la barba incipiente sobre su piel delicada.

Lo besó en la boca, y notó su miembro erecto contra el cuerpo. Bajó la mano y se lo acarició. Él se retiró una pizca, y dijo:

–Sam...

Ella casi no reconocía su voz. Parecía tortuosa. Sam apartó la boca de la de Rafaele y lo miró. Sintió el calor de su miembro y recordó las veces que lo había saboreado, introduciéndolo en su boca. Acariciándolo primero con la lengua y moviendo la mano tal y como él le había enseñado.

Sam ni siquiera se dio cuenta de que estaba moviendo la mano rítmicamente hasta que él la sujetó por la barbilla y le dijo:

–Quiero estar dentro de ti.

–Sí –dijo ella, y levantó las caderas al ver que Rafaele se disponía a quitarle los pantalones y la ropa interior.

Rafaele sujetó su miembro erecto en un gesto puramente masculino. Sam estaba desnuda sobre el escritorio, con las piernas separadas, esperándolo. Rafaele le acarició el cuerpo tembloroso, jugueteando con ella hasta que se mordió el labio inferior. Le separó las piernas un poco más y la miró.

Le acarició el interior de los muslos y apoyó la mano en la entrepierna durante un instante, antes de acariciarle el punto clave de su feminidad y de introducir los dedos en su cuerpo.

Sam se agarró a los hombros de Rafaele, incapaz de apartar la mirada de sus penetrantes ojos verdes. Él introdujo los dedos una y otra vez, hasta que sintió que la musculatura se cerraba alrededor de ellos.

Sam no quería alcanzar el clímax mientras Rafaele la contemplaba, así que le agarró la mano y le dijo:

—No... Así, no. Los dos al mismo tiempo.

Rafaele sonrió. Era la sonrisa de un guerrero. La besó en la boca y la sujetó por las caderas para penetrarla con fuerza. Ella contuvo un grito de placer y se puso muy tensa a causa de lo excitada que estaba. Durante un momento, pensó que iba a llegar al orgasmo en solitario, a pesar de sus osadas palabras.

Sin embargo, Rafaele comenzó a moverse despacio dentro su cuerpo y consiguió que se relajara para ir excitándola poco a poco otra vez.

Sam le rodeó la cintura con las piernas y le suplicó sin palabras que la penetrara con más fuerza. Retirándola una pizca de su cuerpo, pero manteniéndola en el sitio con un brazo, la penetró en profundidad.

Ella echó la cabeza hacia atrás y cerró los ojos. No podía articular sus deseos. Necesitaba liberarse, pero Rafaele era implacable. Sabía que estaba a punto de suplicárselo y sintió que las lágrimas afloraban a sus ojos. Entonces, Rafaele la penetró con tanta fuerza que parecía que hubiera alcanzado su corazón.

Sam experimentó un placer tan intenso que apenas podía respirar. Jadeó y sintió que Rafaele la penetraba de nuevo, agitándose entre sus piernas. Entonces, alcanzó el orgasmo y notó que él derramaba su cálida esencia en el interior de su cuerpo.

Momentos después, Sam apenas sabía diferenciar lo que era arriba o abajo. Todavía tenía las piernas alrededor de la cintura de Rafaele, y él ocultaba el rostro contra su cuello. Sam deseaba acariciarle el cabello, pero, cuando levantó la mano, le temblaba demasiado.

Ella notaba su torso sudoroso contra sus senos. Rafaele todavía estaba en el interior de su cuerpo y su miembro se relajaba poco a poco. De pronto, se echó hacia atrás y la miró muy serio.

–No hemos utilizado preservativo.

Sam lo miró un instante.

–No pasa nada. Está bien...

–¿Estás segura?

–Sí, estoy segura. Acabo de terminar con el periodo.

Él suspiró.

–De acuerdo.

Sam no pudo disimular la amargura de su voz.

–Entonces, ¿me crees?

Rafaele se agachó para recoger la ropa y la miró:

–Te creo. Supongo que no te gustaría repetir la historia.

Aquellas palabras le resultaron dolorosas. Sam no quería preguntarse por qué.

Se puso en pie y agarró la blusa y el sujetador de la mano de Rafaele.

No podía mirarlo. Sonrojada, se volvió para vestirse y se amonestó en silencio. Había repetido la historia. Había hecho el amor con él en su despacho, como solía hacer. Recordaba cómo había sido regresar a la fábrica después, sintiéndose emocionada y avergonzada a la vez, como si en la frente llevara la marca de mujer deshonrada. La concubina del jefe.

Se puso la ropa interior y los pantalones, consciente de que Rafaele estaba vistiéndose a poca distancia, cubriendo de nuevo ese cuerpo impresionante.

Cuando ella terminó de vestirse, él dijo con tranquilidad:

—¿Nos vamos?

Sam se volvió y vio que Rafaele apenas estaba un poco despeinado. Sin embargo, estaba segura de que su aspecto era mucho peor. El olor a sexo estaba en el ambiente, y ella debería haberse mareado al percibirlo, sin embargo, provocó que deseara más.

—Sí —dijo ella, antes de que él pudiera percatarse de lo vulnerable que era.

Rafaele no pudo evitar arrepentirse mientras sacaba el coche de la fábrica. Sam iba sentada a su lado, en silencio. No se arrepentía de lo que había sucedido, ya que volvería a hacerlo si pudiera. Se arrepentía de la manera en que había sucedido. Se había comportado como un adolescente y no había tenido ninguna delicadeza.

Y cuando ella le preguntó si la creía, él había reaccionado de manera automática, y no era justo. Había repetido la historia, sabiendo que no tendría fuerza para resistirse a ella ni aunque quisiera.

Consideraba un milagro que hubiese podido mantener el control para asegurarse de que Sam llegara antes que él al orgasmo, claro que ella había estado a punto de estallar cuando él la acarició con los dedos. Al recordarlo, sufrió una nueva erección y tuvo que moverse para disimularla en la semioscuridad del vehículo.

Había poseído a Sam sobre su escritorio. Solo en otra ocasión había mantenido una aventura en el trabajo, y había sido con esa misma mujer. Hasta que conoció a Sam, Rafaele siempre había mantenido el trabajo separado del placer. Y había sido capaz de mantener controlado el placer en todo momento.

Todavía recordaba el pánico que sintió aquel último fin de semana de cuatro años atrás, cuando despertó en su cama con Sam abrazada a él. Curiosamente, en lugar de sentir repugnancia, experimentó una agradable sensación de calma. Hasta que se percató de lo que aquello significaba y la sensación de calma terminó. Ese fin de semana, había pospuesto una reunión importante para pasar tiempo con Sam. Incluso había apagado el teléfono y no había mirado el correo electrónico. Había estado incomunicado por primera vez. Por una mujer.

Había sido eso lo que le había provocado una fuerte presión en el pecho. Percatarse de cómo se había apartado de sus estrictos principios.

Esa tarde, en el vehículo también era consciente de todo ello, aparte de que Sam estaba a su lado con sus maravillosas piernas. No obstante, parecía que ella estaba evitando acercarse más de lo necesario.

Si Sam fuera su pareja, haría que llevara vestidos y faldas todo el tiempo, porque así solo tendría que meter la mano y... Si fuera su pareja. Al pensar en ello, Rafaele soltó el volante un instante y el coche hizo un movimiento extraño. Sam lo miró preocupada y frunció el ceño:

—Lo siento —dijo él, y recuperó la compostura. La miró de reojo y vio que se había cruzado de brazos. Estaba tan tensa que parecía que pudiera partirse en dos si la tocaba.

Su silencio lo ponía nervioso. Deseaba provocarla... preguntarle acerca de lo que le había sucedido momentos antes. Descubrir qué significaba para ella. ¿A Sam también la invadirían recuerdos no deseados?

–No me digas que te estás arrepintiendo de lo que ha pasado, *cara*.

–¿Es tan evidente? –soltó ella.

–Era inevitable y lo sabes. Lo deseábamos desde el momento en que nos vimos otra vez.

Rafaele volvió la cabeza y la miró a los ojos. Al instante, sintió un fuerte calor en la entrepierna.

–No era inevitable. Ha sido una mala decisión. Evidentemente, tú estabas frustrado, quizá porque te has visto obligado a mudarte a las afueras y no puedes disfrutar de tus amantes.

–En estos momentos, no tengo ninguna amante.

–Quizá no, pero estoy segura de que has tenido varias en los últimos cuatro años.

Y, sin embargo, Rafaele no era capaz de acordarse de ninguna de ellas. No obstante, si fuera un pintor, podría pintar el cuerpo de Sam con los ojos cerrados.

–¿Pretendes que me crea que tú has mantenido el celibato durante cuatro años? –la miró y vio que empalidecía–. Bueno, ¿y? ¿Es cierto?

Sam miró hacia delante.

–Por supuesto que no. Hace algún tiempo salí con un hombre.

Durante un instante, Rafael solo oyó ruido. También se le nubló la vista y estuvo a punto de detener el coche en la cuneta. Era consciente de que un sentimiento irracional estaba haciendo sombra a sus principios liberales, y era algo que no le gustaba.

–¿Quién era él? –preguntó agarrando el volante con fuerza. Imaginar a Sam besando a otro hombre lo enfurecía.

–Era un colega. También es padre soltero y eso nos unía...

–Tú eras madre soltera por elección, Samantha. Ya no lo eres.

Rafaele tuvo que hacer un esfuerzo para mantener el control. Quería exigirle a Sam que le contara más cosas... ¿Cuántas veces? ¿Dónde? ¿Cuándo?

–No fue nada serio. Solo quedamos una vez. Fuimos a un hotel y, si te soy sincera, fue horrible.

Se calló de nuevo, y Rafaele suspiró, relajándose una pizca. Aunque todavía deseaba averiguar quién había sido el hombre en cuestión para estamparlo contra la pared.

Él se había excitado nada más ver a Sam entrar en su despacho. Tras varias semanas de frustración, por fin la había abrazado y besado. Ella se había abierto para acomodarlo en su cuerpo, y él la había poseído, adentrándose en el calor húmedo de su entrepierna antes de prácticamente darse cuenta de lo que estaba sucediendo. Se había dejado llevar por algo más poderoso que la razón.

Ni siquiera habían empleado protección. Algo así solo le había sucedido con Sam, y era posible que el niño que había nacido a causa de ello estuviera acostándose en ese mismo momento. Miró a Sam y vio que todavía estaba pálida. Estaban parados en un semáforo, y Rafaele le agarró la mano, apretándosela al ver que se disponía a retirarla.

–Suéltame, Rafaele –dijo ella.

Él continuó mirándola fijamente.

–No, Sam –se llevó su mano a la boca y le besó la palma. Su aroma provocó que se excitara. Sacó la lengua y le acarició la piel.

Al instante, un sentimiento de frustración se apoderó de él al pensar en el fin de semana que tenían por delante. No podría hacerle el amor en la casa. No mientras su hijo dormía. La idea de que Milo se despertara y averiguara lo que Rafaele sentía al estar cerca de Sam le parecía terrible, después de que, cuando era pequeño, él mismo presenciara el sufrimiento de su padre.

Rafaele sabía que no podría hacerle el amor durante unos días, porque nunca más volvería a poseerla en su despacho. Nunca. Aunque tenía claro que aquella relación no había terminado.

–No voy a dejarte. No hasta que ambos estemos completamente saciados. En una ocasión, te dejé marchar demasiado pronto y no volveré a cometer el mismo error.

El semáforo se puso en verde, y Sam le soltó la mano para concentrarse en la carretera y continuar conduciendo.

Sam se agarró la mano con la otra y volvió la cabeza para mirar al frente. Después de lo que había sucedido, tenía todo el cuerpo sensible y deseaba más. No podía olvidar las palabras de Rafaele: «Te dejé marchar demasiado pronto».

Él le había dicho algo acerca de que había intentado olvidarla... Y su admisión había provocado que se le acelerara el corazón.

¿Y por qué diablos ella le había contado que había tenido un intento fracasado de relación? ¿Para ganar puntos? ¿Para intentar convencer a Rafaele de que no había dominado su vida por completo?

Era eso lo que ella había tratado de hacer con Max. Él la había pillado en un momento vulnerable, un día que Sam había visto una foto de Rafaele en un periódico donde aparecía la noticia del lanzamiento del último modelo de la marca Falcone. En la fotografía, aparecía él rodeando por la cintura a una bellísima modelo.

Disgustada por el hecho de que Rafaele todavía la afectara de ese modo, Sam había aceptado la invitación de Max para salir a cenar. Después de algunas semanas de relación, Sam decidió que tenía que demostrarse que el recuerdo de Rafaele no era más que un espejismo. Que cualquier otro hombre sería igual de bueno que él en la cama, y que ella dejaría de tener una sensación de pérdida al pensar que nunca volvería a experimentar algo así.

Entonces, le sugirió a Max que se quedaran una tarde en un hotel. Como si ambos estuvieran casados y aquello fuera una aventura extramatrimonial. Sin embargo, le parecía lo mejor teniendo en cuenta que los dos vivían con sus respectivos hijos y que Sam no había considerado oportuno que Milo conociera a Max.

Desde el primer momento, la tarde había sido horrible. Decepcionante. Y, disgustada consigo misma por haber actuado así a causa de un momento de debilidad, Sam trató de que la cita finalizara cuanto antes.

Durante unos instantes, al pensar en que Rafaele parecía celoso cuando ella le contó lo de Max, Sam sintió que su corazón corría peligro. Respiró hondo y trató de controlar el sentimiento que se gestaba en su interior. Él le había dicho que la dejaría marchar cuando ambos estuvieran saciados. Nada más.

Sin embargo, ella sabía que corría el riesgo de volver a enamorarse de él, si es que alguna vez había dejado de estarlo. Temía que se le partiera de nuevo el corazón, y sabía que esa vez sería mucho peor porque

Milo había hecho que tuvieran que mantener una relación de por vida.

Rafaele aparcó el coche frente a la casa de Sam y ella pestañeó. Ni siquiera había sido consciente del trayecto. En ese momento, se corrió la cortina de una de las ventanas, y Milo apareció con una gran sonrisa. Sam sintió que se le encogía el corazón. Podía imaginar al pequeño exclamando «¡Ha llegado papá!», tal y como le había contado Bridie días atrás.

Era viernes. Tenían todo el fin de semana por delante y Sam no esperaba que Rafaele se colara en su habitación por la noche para terminar lo que habían empezado. Por su experiencia, sabía que a él le gustaba mantenerla en secreto, al margen de su vida.

Sam respiró hondo y confió en que Rafaele nunca se enterara de hasta qué punto se sentía afectada por él, ni de que en ese mismo instante deseaba que él colocara la mano en su entrepierna y presionara para tratar de aliviar su frustración sexual.

El hecho de que hubiera regresado al mismo lugar del que tuvo que salir cuatro años atrás no era nada agradable.

Capítulo 7

EL DOMINGO, Sam estaba doblando la ropa en el cuarto de la lavadora, junto a la cocina, mientras Rafaele acostaba Milo. Él lo había llevado a la piscina y después habían estado jugando a los coches en el salón.

Durante todo el fin de semana, a ella la había invadido un sentimiento de frustración. Y había tenido que contenerse para no ir a la habitación de Rafaele por la noche y suplicarle que le hiciera el amor. Se negaba a ponerse en evidencia con tanta facilidad. Y tenía razón. Él la había tratado con mucha frialdad durante todo el fin de semana y era evidente que intentaba evitar trasladar lo que había sucedido en su despacho al ambiente de casa.

Sam solo era lo suficientemente buena en un ambiente que a él le encajara. No había cambiado nada.

Esa misma mañana, Rafaele les había dado una pequeña sorpresa. Había cambiado el coche elegante que había estado utilizando desde que reapareció en sus vidas por otro familiar.

–¿Y esto? –le había preguntado Sam desde la puerta de la casa mientras Rafaele colocaba a Milo en la sillita del coche para llevarlo a la piscina.

–Es un coche, Sam –le había contestado él–. Me parece más práctico para llevar niños...

Sam se había sentido como si acabara de asomarse

al borde de un precipicio. Una vez que se alejaron, solo había podido pensar en la transformación que había sufrido Rafaele, pasando de ser un playboy que conducía un deportivo a un hombre con un niño y un coche familiar mucho más seguro. Y Sam no podía evitar sentirse nerviosa. Estaba demasiado asustada como para ver todas las implicaciones que aquello podía conllevar...

Oyó un ruido y se tensó al percibir la presencia de Rafaele detrás de ella, en la puerta de la cocina. Se sentía demasiado vulnerable como para enfrentarse a él.

–Quiero que Milo y tú vengáis a Milán conmigo.

Sam se quedó paralizada durante un instante y después continuó doblando una sábana como si nada.

–¿De qué estás hablando, Rafaele? No podemos ir a Milán contigo.

Rafaele contestó con impaciencia:

–Sam, no puedo hablar con tu espalda. Aunque es muy apetecible. Igual que tu trasero con esos vaqueros... ¿Sabes lo difícil que ha sido para mí no tocarte en todo el fin de semana?

Al oír sus palabras, Sam se volvió de golpe. Todas las zonas erógenas de su cuerpo se habían activado y no pudo evitar dejar caer la sábana que tenía en las manos.

–Basta –le dijo, a pesar de que también había estado todo el fin de semana ardiente de deseo–. No puedes hablarme así. Y menos con Milo en casa.

Rafaele estaba apoyado contra la puerta. La miró con los ojos entornados, fijándose en sus pantalones y su blusa.

–Lo sé. Precisamente por eso me estoy conteniendo.

Sam sintió que algo se partía en su interior al oír que

Rafaele admitía que su prioridad era Milo. No pudo evitar sentirse vulnerable.

Sam agarró la sábana y se la lanzó a Rafaele en el pecho.

—Aquí tienes ropa de cama limpia.

Rafaele agarró la sábana al vuelo y preguntó muy serio:

—Bueno, ¿has oído lo que he dicho sobre Milán? Quiero que Milo y tú vengáis conmigo esta semana.

La idea de regresar a la escena del crimen hizo que Sam sintiera una mezcla de emociones. Se volvió de nuevo y dijo:

—No puede ser, Rafaele. No puedes anunciar algo así...

—*Dio,*Sam.

Sam soltó un grito de sorpresa al ver que él lanzaba la sábana que acababa de darle sobre el montón de ropa, y que después la sujetaba por los hombros para darle la vuelta y que lo mirara.

—Sam, yo...

Él se detuvo y posó la mirada sobre los labios de Sam.

—*Dio!* —dijo otra vez antes de murmurar algo en italiano y estrecharla entre sus brazos.

La besó de manera apasionada, y ella se excitó al instante. Gimió y se entregó de lleno a las caricias que Rafaele le hacía con la lengua y la boca. Al cabo de un momento, se separó de él y lo miró a los ojos. Al ver que él tenía una mirada salvaje, estuvo a punto de derretirse.

—No podemos. Aquí no...

Rafaele sonrió sin humor.

—Quizá tengamos que reservar una habitación de hotel, ya que te va ese tipo de cosas.

Su comentario hizo que Sam tuviera la fuerza para retirarse de su lado y se cruzara de brazos.

–No tienes derecho a juzgarme, ya que tú te acostase con alguien que apenas conocías una semana después de que yo me marchara de Italia.

–¿De qué diablos estás hablando? No me acosté con nadie.

Sam soltó una carcajada cortante.

–Pues no es lo que parecía... Te fotografiaron con una famosa de la televisión italiana.

Rafaele se disponía a hablar cuando Sam levantó la mano para que se callara.

–No me importa, Rafaele –mintió ella–. Aunque te hubiera contado lo de Milo, no nos habríamos convertido en una familia feliz. Me contaste lo que pensabas del matrimonio y que no pensabas comprometerte en tu vida.

Sam se calló. Era evidente que a Rafaele no le gustaba que se lo recordara.

–Me parece que tú estabas completamente de acuerdo, Sam. Me suena algo acerca de que el hecho de ver a tu padre llorar junto a la foto de tu madre, había provocado que temieras la posibilidad de comprometerte con una persona para después perderla y quedarte sola el resto de la vida.

Sam se sintió mareada durante unos instantes. Se avergonzaba de haberle contado tantas cosas. ¡Como si él hubiese estado interesado! ¿Qué le había sucedido? Solo se había acostado con ese hombre durante un mes y había estado dispuesta a darlo todo por él.

Asustada, dijo lo primero que le vino a la cabeza para intentar cambiar de tema:

–¿Qué decías acerca de Milán?

Al ver que Rafaele estaba dispuesto a cambiar de tema, Sam se relajó.

–Quiero llevar a Milo para que conozca a su abuelo... Mi padre. Tarde o temprano saldrá en prensa que tengo un hijo y me gustaría que Umberto lo conociera antes de que eso suceda. Además, es mayor y está delicado... Me preocupa que muera pronto.

Rafaele no solía hablar mucho de su padre, y Sam no sabía nada más acerca de él, excepto que vivía en un lugar llamado Bergamo, cerca de Milán. Se habían mudado allí después de que se desintegrara el negocio familiar y lo perdieran todo. Sam sabía que una de las primeras cosas que Rafaele había hecho había sido comprar el *palazzo* donde él vivía cuatro años atrás.

No había conocido a Umberto Falcone durante el tiempo que había salido con Rafaele, y sentía cierta curiosidad por conocer otro aspecto de su vida. Además, la idea de que Milo tuviera un abuelo con vida la agradaba.

Rafaele continuó:

–La próxima semana irá a Milán para hacerse un reconocimiento médico rutinario. Se alojará en el *palazzo* familiar de las afueras de la ciudad. Yo tengo que regresar allí unos días para asistir a una reunión y pasar por la fábrica. Será la oportunidad perfecta para hacer esto.

–Puede que sea perfecta para ti... Milo tiene que ir a la guardería. Es parte de su rutina. ¿Y qué hay de mi trabajo?

–¿De veras esperas que me crea que Milo se verá muy afectado por perderse unos días de guardería? Y... –la miró con los ojos entornados–. Creo que tu jefe te dará permiso para que te tomes unos días libres. Además, he hablado con Bridie hace un rato y me ha

dicho que estará encantada de venir a Italia con nosotros para ayudarnos a cuidar de Milo. Ha dicho que,
como buena católica, siempre ha deseado ver Roma, y
yo le he prometido que pararemos allí durante el viaje
de regreso...

Sam cerró los puños a ambos lados del cuerpo.

—Eso es pura manipulación, Rafaele.

Él se encogió de hombros.

—Llámalo como quieras, Sam, pero creo que tengo
derecho a hacerlo. Milo, Bridie y tú me acompañaréis
a Italia dentro de un par de días, así que será mejor
que te prepares.

Sam esperó a que Rafaele se alejara y permitió que
la rabia se apoderara de ella. Sin duda, él lo tenía todo
planeado. Había tratado de crearle un falso sentimiento
de seguridad, mudándose a su casa y demostrando su
capacidad para comprometerse con su hijo. Pero, Rafaele estaba mostrando su verdadera intención: su deseo de dominarla.

Sin embargo, lo peor era pensar en lo difícil que sería regresar al lugar donde todo había comenzado. Si
apenas conseguía mantener el tipo en su casa, ¿cómo
sería cuando tuviera que enfrentarse cara a cara con el
pasado?

Dos días más tarde, viajaron en el avión privado del
hermanastro pequeño de Rafaele, el millonario Alexio
Christakos.

Bridie estaba en silencio, asombrada con el lujo
que la rodeaba, y Milo estaba muy agitado. Cada día
descubría algo nuevo y, en esos momentos, estaba
arrodillado al lado de Sam observando cómo el mundo
se hacía cada vez más pequeño.

Era la primera vez que viajaba en avión, y Milo miró entusiasmado a su nueva persona favorita del planeta: Rafaele.

–Mira, papá, ¡mira!

Sam sintió que se le encogía el corazón y se cubrió el pecho con la mano, como si así pudiera calmar el sufrimiento agridulce y la ansiedad. ¿Cómo podía confiar en que Rafaele no desapareciera de sus vidas cuando se aburriera y dejara a Milo abandonado? Y ella... Sam no quería ni pensar en ello.

Ya habían alcanzado la velocidad de crucero, y Rafaele se levantó para pasear por el avión. Le tendió la mano a Milo y le preguntó:

–¿Quieres ver al piloto?

Milo se levantó enseguida y corrió hacia él. Rafaele lo tomó en brazos, y Milo ni siquiera miró a Sam como para pedir su aprobación.

Sam notó que las lágrimas afloraban a sus ojos y volvió la cabeza, pero oyó que Bridie decía en voz baja, desde el otro lado del pasillo:

–Es un buen hombre. Cuidará de vosotros dos.

Sam trató de mantener la compostura y miró a Bridie con una media sonrisa. No podía ocultarle nada a aquella mujer, puesto que había presenciado lo destrozada que estaba cuando regresó de Italia. Su padre ni siquiera se había percatado y apenas tuvo en cuenta su embarazo. Cuando Milo nació, actuó como si siempre hubiese estado allí.

Sam estiró el brazo y agarró la mano de Sam.

–Me alegro de que estés aquí.

–Yo también, cariño –dijo Bridie y, llena de júbilo, añadió–: ¡Voy a conocer al Papa!

Sam se rio.

–Rafaele puede conseguir muchas cosas, pero no estoy segura de que sea tan influyente como para eso.

–¿No estás segura de que sea tan influyente para qué?

Sam se puso tensa y miró a Rafaele. Se sonrojó y contestó:

–Nada... Milo debería comer algo. Estará hambriento.

Bridie se puso en pie y tomó a Milo de los brazos de Rafaele.

–Hablaré con la azafata para que prepare algo.

Cuando se marcharon, Rafaele se sentó en el asiento de Bridie y estiró las piernas hacia el pasillo.

–Es de mala educación hablar de la gente a sus espaldas, ¿sabes? –comentó.

–No te preocupes. Tu admiradora número dos solo dice cosas buenas sobre ti.

–No como tú...

Tratando de evitar la tensión que invadía el ambiente, Sam preguntó:

–¿Tu padre sabe que vamos?

–Hoy he hablado con él por teléfono y se lo he explicado todo.

–¿Y cómo se ha tomado la noticia de que tiene un nieto?

–Tiene muchas ganas de conocer a la próxima generación.

–No estás muy unido a él, ¿verdad?

Rafaele la miró y preguntó:

–¿Cómo lo sabes?

Ella se encogió de hombros.

–Nunca hablaste mucho de él... Y sé que no te criaste con él.

–No –admitió él–. Mi madre lo abandonó cuando

yo tenía tres años y me llevó con ella. Él no estaba en condiciones para cuidarme, en el caso de que ella se hubiese marchado sin mí.

Al instante, Sam recordó que, el día que le contaron a Milo la verdad sobre su padre, Rafaele hizo un misterioso comentario acerca de cuando tenía tres años. Y seguramente se refería a aquello.

–Tu madre no habría hecho tal cosa...

–¿No? Entonces, ¿por qué abandonó a mi hermanastro mayor? ¿A su primer hijo?

Sam lo miró boquiabierta.

–¿Tienes otro hermano?

Rafaele se apresuró a decir:

–Apareció de repente en el entierro de mi madre. Alexio y yo no teníamos ni idea de que existía... Bueno, yo recordaba haberlo conocido brevemente cuando era pequeño, pero siempre había pensado que era un sueño.

–Así que Milo tiene dos tíos...

Rafaele soltó una carcajada.

–No te preocupes, no creo que pronto nos reunamos como una familia feliz. Alexio está ocupado dirigiendo su imperio, y Cesar no quiere saber nada de nosotros.

En ese momento Milo apareció corriendo por el pasillo y tiró del brazo de Rafaele.

–¡La comida ya está!

Rafaele dejó que el pequeño lo levantara y le ofreció la otra mano a Sam.

Ella se sentía una pizca vulnerable después de aquella conversación. Rafaele tampoco le había hablado nunca de ello. Le dio la mano, y él se la agarró con fuerza para llevarla hasta el otro lado del avión. Sam no interpretó aquel gesto como algo romántico.

Al contrario, interpretó que era su manera de recordarle que tenían un asunto pendiente.

El *palazzo* de Rafaele era tal y como ella lo recordaba: grandioso, precioso e impresionante. Sus jardines estaban cuidadosamente diseñados. El interior era puro lujo y opulencia. Cuatro años atrás, Rafaele lo estaba reformando y ya lo había terminado.

Sam ni siquiera se había dado cuenta de lo tensa que estaba hasta que Milo comentó mientras subían por la escalinata de la entrada:

–Mamá, me aprietas demasiado –inmediatamente, ella relajó la mano.

Luisa, un ama de llaves diferente a la que Sam recordaba, los recibió en la puerta. Bridie se quedó boquiabierta, y Sam estuvo a punto de soltar una risita, pero se contuvo al ver que se acercaba a ellos un hombre con un bastón.

El hombre dijo algo en italiano y, al notar que Rafaele se ponía tenso, Sam no pudo evitar desear tocarlo para tranquilizarlo.

–En inglés, papá. No hablan italiano –dijo Rafaele en tono cortante.

Milo estaba abrazado a la pierna de Sam, y ella lo tomó en brazos.

–Bueno, ¿y dónde está mi nieto? –preguntó Umberto.

Tras dudar un instante, Sam se acercó a Rafaele. Él la rodeó por la cintura, provocando que a Sam no le gustara la manera en que reaccionaba su cuerpo.

–Papá, esta es Samantha Rourke. Este es Milo, nuestro hijo, y ella es Bridie, una amiga de Sam.

«Nuestro hijo», pensó Sam, y miró al hombre. Parecía que los estaba devorando con la mirada. Él no dijo nada. Después, para sorpresa de Sam, Milo se retorció entre sus brazos para que lo soltara y ella lo bajó al suelo.

Conteniendo la respiración, Sam observó cómo Milo se acercaba a su abuelo. Ella deseaba agarrarlo de nuevo, como para apartarlo del peligro, e incluso se movió. Rafaele la agarró con fuerza de la cintura para impedírselo.

Milo se detuvo frente al hombre y le preguntó con inocencia:

–¿Por qué llevas un palo?

El hombre lo miró un instante y soltó una carcajada.

–*Dio*, Rafaele, es como verte a ti cuando tenías esa edad. Es un Falcone, no hay ninguna duda.

Rafaele agarró a Sam con tanta fuerza que ella volvió la cabeza para mirarlo y vio que estaba muy tenso. Antes de que pudiera decirle nada, Rafaele la soltó y se acercó a Milo, agachándose a su lado.

–Este es tu abuelo, *piccolino*.

Umberto Falcone extendió la mano hacia su nieto.

–Me alegro de conocerte –le dijo.

–Milo sonrió y le estrechó la mano, sacudiéndola con fuerza. Umberto fingió una mueca de dolor, y Milo se rio y miró a Rafaele.

–¿Ya podemos jugar?

Rafaele se puso en pie y le dijo a Milo:

–¿Por qué no nos instalamos primero? Jugaremos más tarde.

–Bueno –Milo soltó la mano de Rafaele y regresó junto a Sam.

Rafaele presentó a Bridie y a Sam a su padre. De pronto, el hombre bromista se había transformado en otro.

–Tiene una casa preciosa, señor Falcone.

El hombre miró a su hijo y dijo muy serio:

–No es mía... Es de Rafaele. La compró después de...

–Papá –le advirtió Rafaele, y el hombre se calló.

El hombre miró a Bridie y dijo:

–Venga conmigo. Tomaremos algo de beber mientras los jóvenes se acomodan en la casa.

Bridie miró a Sam, y ella se fijó en que se había sonrojado una pizca. Sam la empujó con suavidad hacia donde Umberto la esperaba.

–Ve a sentarte y a descansar un poco. Estaremos bien.

El ama de llaves habló con otra empleada más joven y la mujer se marchó en la dirección por la que habían ido Umberto y Bridie. Después, el ama de llaves se dirigió escaleras arriba. Sam estaba abrazando a Milo, temerosa de los recuerdos que la esperaban en cada esquina. Rafaele y ella habían hecho el amor por todo el *palazzo*. Él solía llevarla allí después del trabajo, excepto un par de veces que la había poseído en su apartamento, porque estaba demasiado impaciente para esperar. Sin embargo, ella nunca había pasado allí un fin de semana, hasta el último...

Avanzaron por un pasillo y, al reconocer la puerta del dormitorio de Rafaele, a Sam se le aceleró el corazón. Por fortuna, se detuvieron frente a otra habitación.

–Esta es tu habitación. Milo dormirá en la contigua.

Sam entró en la habitación que le indicó Rafaele. El ama de llaves desapareció. Milo se bajó de los brazos de Sam para poder explorar. La habitación era elegante y estaba decorada en tonos grises con diseños florales. Sam oyó que Milo gritaba entusiasmado y lo siguió hasta su habitación.

Era como un paraíso infantil. La cama tenía la forma de un coche. Había libros y juguetes por todos sitios y, enseguida, Milo encontró un tren de juguete. Lo agarró y dijo:

–¿Es mío, mamá?

Sam censuró a Rafaele con la mirada. Ella se agachó y dijo:

–Sí, cariño, pero esta es la casa de Rafaele. Tendrás que dejarlo aquí cuando nos vayamos.

Milo parecía preocupado y miró a Rafaele.

–¿Me lo cuidarás cuando me vaya a casa?

–Por supuesto, *piccolino*.

–¿Y si viene otro niño y quiere jugar con el tren?

Rafaele se agachó y miró a Milo a los ojos.

–Eso no sucederá. Te prometo que eres el único niño que tiene permiso para jugar aquí.

Milo sonrió y se marchó a jugar.

–Esto es demasiado para él –dijo Sam–. No puedes comprar su cariño, Rafaele.

Rafaele se puso en pie y agarró a Sam del brazo para llevarla donde Milo no los oyera.

–Maldita seas, Sam, no estoy tratando de comprarlo... Quiero mimarlo, ¿es algo tan malo?

Sam miró a Rafaele a los ojos y supo que Rafaele lo había hecho como un gesto de generosidad, y no para manipular al pequeño. Siempre había sido muy cuidadoso a la hora de tratar a Milo.

Ella se cruzó de brazos y miró al suelo.

–Lo siento... no he sido muy justa contigo.

Rafaele la sujetó por la barbilla.

–No, la verdad es que no.

Rafaele se fijó en la mirada de los ojos grises de Sam y sintió que trataba de trasladarlo a un lugar que no quería investigar. Dio un paso atrás. Necesitaba espacio.

–Le diré a Luisa que traiga algo de beber. Milo y tú podéis descansar. Cenaremos a las siete.

Rafaele se dirigió a su estudio de la planta baja y respiró hondo. Se sirvió una copa de whisky y se la bebió de un trago. No podía dejar de pensar en Sam, y recordaba cómo había perdido la cabeza por ella cuatro años atrás. El insaciable deseo.

Sam, una chica inocente y brillante, muy diferente a las otras mujeres que él había conocido. Ella lo había cautivado de tal manera que Rafaele había tenido que hacer grandes esfuerzos para tratar de olvidarla. Y se alegraba de haberlo hecho, a pesar del sufrimiento que había padecido durante cuatro años.

Curiosamente, ese sufrimiento había desaparecido el día que decidió que contactaría con ella en Inglaterra. Había intentado convencerse de que esa vez sería diferente y de que ya no la desearía. Que sería capaz de demostrar que lo había superado... Sin embargo, nada más oír su voz al otro lado del teléfono, su cuerpo reaccionó a causa del deseo.

Y, además, estaba Milo.

Rafaele sintió un dolor punzante en la mano y, de pronto, se dio cuenta de que había roto la copa al apretar con tanta fuerza. Blasfemó, agarró un pañuelo de papel y se amonestó por ser tan patético. Al ver a Sam de nuevo en el *palazzo*... Y con su padre allí... Era algo que nunca había imaginado que podría pasar. No era más que eso.

A la mañana siguiente, Sam despertó ligeramente desorientada. Al cabo de unos segundos y tras fijarse en el dormitorio, se incorporó asustada.

«Milo», pensó.

Se apresuró para salir de la cama y se abrió la puerta de la habitación contigua. La cama de Milo estaba deshecha, su pijama estaba en el suelo y el pequeño no estaba por ningún sitio.

Bridie debía de habérselo llevado a desayunar. La noche anterior, durante la cena, Milo había insistido en comer sin ayuda como un niño mayor. Estaba intentando impresionar a su nuevo abuelo, que lo había mirado con aprobación.

Después de cenar, Rafaele se excusó y se encerró en su estudio. Bridie insistió en acostar a Milo, y Sam se quedó a solas con Umberto. El hombre se levantó de la mesa y le pidió que lo acompañara para tomar un café, y ella aceptó. Él la llevó a un saloncito muy agradable y acogedor.

Después de que Luisa entrara a servirles el café, Sam sintió que tenía que romper el hielo:

–Siento que no te enteraras de lo de Milo antes.

–Hace mucho tiempo que renuncié a mi derecho para husmear en la vida de Rafaele.

Sin saber qué responder, Sam bebió un sorbo de café.

–Milo tiene la misma edad que tenía Rafaele cuando se marchó de aquí con su madre.

Sam miró a Umberto.

–Era muy pequeño. Demasiado pequeño para presenciar lo que presenció.

–Lo siento –dijo Sam frunciendo el ceño–. Yo no sé...

–Cuando mi esposa me dejó, yo me quedé destrozado, Samantha. Lo había perdido todo. Mi casa, el legado familiar, la fábrica... Mi dignidad. Le supliqué que no se marchara, pero se marchó. Rafaele presenció el peor de mis momentos y creo que nunca me lo ha perdonado.

Sam se preguntaba cómo de traumático debía de ser para un niño ver que su madre abandona a su padre. De pronto, comprendió de dónde provenía la fobia que Rafaele tenía al compromiso.

–Fue hace mucho tiempo –dijo Umberto–. Me alegro de que estés aquí con Milo. Esto será un reto para mi hijo y, quizá, no sea algo tan malo.

Sam pestañeó al sentir la luz de la mañana en los ojos y el recuerdo se desvaneció. De pronto, recordó que había estado soñando con un hombre arrodillado que le suplicaba que no lo abandonara, mientras Milo los observaba llorando... Una cosa que le había quedado clara era que Rafaele nunca se arrodillaría para suplicarle nada a nadie.

Sam se duchó, se vistió tratando de no pensar en ello y se dirigió al comedor a buscar a Milo y Bridie.

Sam se agachó para besar a su hijo, consciente de que desde la cabecera de la mesa la observaba un hombre con ojos verdes. Umberto y Bridie interrumpieron su conversación para saludar a Sam, y Rafaele se puso en pie. Sam tuvo la sensación de que él quería marcharse desde que ella entró en la habitación.

–Tengo que ir a la fábrica para asistir a una reunión... Un chófer vendrá a recogeros dentro de una hora. Dejará a Umberto en el médico y después os llevará a Milán para hacer un tour. Yo me reuniré con vosotros para comer.

Umberto murmuró algo sobre los médicos, y Sam vio que Bridie sonreía.

Milo le preguntó a Sam.

–¿Qué es un tour?

Rafaele miró a Sam fijamente, y ella sintió que se le entrecortaba la respiración.

–Esta noche tengo que asistir a un evento. Me gustaría que me acompañaras.

–Yo...

Bridie intervino rápidamente.

–Por supuesto que irá. Te vendrá bien salir una noche, Sam. Yo estaré aquí, y Milo puede dormir conmigo y así no tendrás que preocuparte por si lo molestas.

Sam miró a Bridie, y ella la miró con expresión inocente. Umberto permaneció en silencio.

Sam miró a Rafaele, tratando de ocultar que no quería ir por motivos personales.

Se encogió de hombros, y dijo:

–Claro... ¿Por qué no?

Capítulo 8

ESA noche, Sam se percató de que tenía un problema para acompañar a Rafaele al evento. No tenía vestido. Ni siquiera lo había pensado mientras visitaba Milán.

Se acercó al armario pensando en que estaría vacío y, al abrirlo, se quedó boquiabierta y le dio un vuelco el corazón. Había un vestido colgado, y era el vestido que Rafaele le había regalado cuatro años antes. Recordaba la caja blanca en la que se lo había entregado, junto con la ropa interior a juego, los zapatos y las joyas. Ella lo había dejado en el *palazzo* porque sentía que nunca le había pertenecido.

Dos meses después de que Sam hubiese regresado a Inglaterra, ella recibió la caja con el vestido y el resto de las cosas mediante un mensajero. Rafaele le había escrito una nota que decía: *Lo compré para ti. Rafaele*. Nada más leerla, Sam la rompió en dos pedazos y le devolvió el paquete.

Y, de pronto, el vestido estaba allí.

Sam sacó el vestido del armario y salió de la habitación para dirigirse a la de Rafaele. Ni siquiera se molestó en llamar a la puerta.

Rafaele acababa de salir de la ducha y estaba desnudo, secándose el pelo con una toalla. Él permaneció quieto durante unos instantes, y Sam no pudo evitar fijarse en su torso musculoso. Al instante, un fuerte calor se instaló en su vientre.

—¿Qué significa esto? —preguntó ella, mostrándole el vestido.

Rafaele se ató la toalla en la cintura y sonrió:

—Me sorprende que todavía te sonrojes, *cara*.

—No me llames así. No soy tu *cara*. ¿Por qué todavía tienes este vestido?

—Me pareció una lástima tirarlo a la basura porque tú no lo quisieras.

—¿Y cuántas mujeres lo han llevado aparte de mí?

—Ninguna. Pensé que esta noche te gustaría ir vestida para la ocasión en lugar de con la ropa masculina que llevas habitualmente.

Las lágrimas afloraron a los ojos de Sam.

—Intentaré no decepcionarte, Rafaele. Después de todo, sé que es un honor que me lleves a un sitio público, porque nunca lo habías considerado oportuno.

Se volvió para salir de la habitación y cerró la puerta dando un portazo.

Rafaele puso una mueca y colocó las manos en las caderas. Tenía que haber tirado el vestido cuando ella lo dejó en el *palazzo*, y no habérselo enviado para comprobar cuál sería su reacción.

Tampoco lo había tirado cuando lo recibió de nuevo con la nota rota, sino que le pidió al ama de llaves que lo colgara en aquel armario.

Solo era un vestido.

Contrariado y arrepintiéndose de haberle pedido a Sam que lo acompañara al evento esa noche, se vistió.

Una hora más tarde, Sam estaba en silencio dentro del coche. Conducía un chófer, y Rafaele estaba sentado con ella en el asiento trasero.

Milo los había despedido al salir del *palazzo* y le había susurrado a su madre:

–Mamá, pareces una princesa.

Sam se había recogido el cabello en un moño. Se había maquillado más de lo normal, y se había puesto los zapatos de tacón de aguja que Rafaele le había regalado con el vestido.

Él no la había tocado desde que habían salido. Simplemente, le había dicho que pasara delante, y ella había obedecido, rezando para no tropezarse.

Cuando llegaron al lugar donde se celebraba el evento, Rafaele le tocó el brazo y ella se estremeció.

–Debería habértelo dicho antes –le dijo él–. Estás preciosa.

–Yo... Gracias –repuso Sam, con voz entrecortada.

Rafaele le soltó el brazo y, momentos después, un hombre uniformado abrió la puerta del vehículo y esperó a que ella saliera. Al instante, Rafaele estaba de nuevo a su lado.

Él la agarró del brazo y la guio al interior. Sam se alegró de que él la estuviera agarrando porque, al ver tanta elegancia y lujo a su alrededor, se sintió mareada.

Rafaele buscó algo para beber y, al momento, ambos estaban rodeados por un grupo de hombres y mujeres. A medida que pasaba el tiempo, el número de mujeres parecía aumentar. Miraban a Sam con una mezcla de curiosidad y enfado, como si él no tuviera derecho de acudir allí en compañía de una mujer.

Sam no pudo evitar sentir ganas de reclamarlo como suyo de alguna manera y deseó ordenarles a las mujeres que se retiraran.

En ese momento, Rafaele la agarró por la cintura y la atrajo hacia sí.

–Me gustaría presentaros a Samantha Rourke –le dijo a la gente que estaba a su alrededor.

Sam se quedó de piedra al oír aquella breve presentación, pero ¿qué esperaba que dijera? ¿Quiero presentaros a la madre de mi hijo, que es una mujer tan pusilánime que permite que me acueste con ella a pesar de que sabe que la odio?

Sam vio que un par de mujeres la miraban como diciendo: «No es competencia para nosotras», y sintió que le hervía la sangre.

Consiguió mantener la compostura hasta que Rafaele y ella se quedaron a solas otra vez:

–Si me has traído aquí para desviar la atención de esas devoradoras de hombres, creo que ya he hecho mi parte. Prefiero estar en casa con Milo antes de ver cómo tu club de fans se acerca a decirte lo maravilloso que eres.

Furiosa consigo misma por ser tan emotiva, Sam golpeó el pecho de Rafaele con un dedo.

–Soy la madre de tu hijo... Díselo a tu posible futura amante.

Rafaele miró a Sam y se fijó en lo atractiva que estaba. Tenía el cuello largo y la tez pálida. El vestido que llevaba enfatizaba cada curva de su cuerpo y le quedaba mejor que cuatro años atrás. Posó la mirada sobre sus senos y recordó las palabras que ella acababa de pronunciar. «Soy la madre de tu hijo».

Momentos antes, cuando la había agarrado para presentarla, había sentido un momento de pánico. Al instante, comprendió por qué. Cuando saliera a la luz la noticia de que tenía un hijo con ella, todo el mundo asumiría que era su pareja. Y esa idea no le provocaba el deseo de salir corriendo.

Rafaele ni siquiera había pensado en ello cuando

invitó a Sam al evento. Simplemente, al mirar a Sam aquella mañana, las palabras escaparon de sus labios...

Rafaele sintió la presión del dedo de Sam contra su pecho. Solo podía mirarla a ella, era como si el resto hubiese desaparecido. El deseo se apoderó de él y no pudo evitar acariciarle la nuca y acercarse más a ella. Sin embargo, al percatarse de lo cómodo que se sentía con el hecho de que la gente supiera quién era Sam, y que pensaran que era su pareja, sintió la necesidad de dar marcha atrás.

—Aquí delante tengo a la única amante que necesito, Sam. ¿Para qué voy a seguir buscando cuando tú me has demostrado que estás dispuesta a serlo?

Ella palideció, y dijo:

—¡Eres un canalla!

Se separó de él y se adentró entre la multitud. Rafaele tardó un segundo en reaccionar y salir tras ella. Al pensar en el dolor que había en la mirada de Sam después de que ella oyera sus palabras, sintió una fuerte presión en el pecho. Era él quien se lo había provocado. A propósito. A causa de la vulnerabilidad que sentía.

Sam apenas podía introducir aire en sus pulmones. Estaba furiosa. Dolida y enfadada consigo misma por permitir que Rafaele la afectara de ese modo. Por haberse sentido tan posesiva y celosa con aquellas mujeres. Por haber pensado que el hecho de que la hubiera llevado allí esa noche, podía significar algo...

Levantó la mano para llamar la atención de uno de los sirvientes y solicitarle que le pidiera un taxi, pero alguien se la agarró y la obligó a darse la vuelta.

—¿Dónde te crees que vas?

–Me voy a casa, Rafaele –dijo ella, liberándose–. No necesito que me recuerdes en público lo poco que significo para ti.

Se volvió de nuevo y se sorprendió al ver que el chófer de Rafaele los esperaba al pie de la escalera. Momentos después, estaba en el interior del vehículo con Rafaele a su lado. Él habló brevemente con el conductor y, de pronto, se subió el cristal que permitía tener privacidad en la parte trasera. Miró a Sam en la semioscuridad, provocando que la invadiera un fuerte deseo y que su cuerpo reaccionara preparándose para ese hombre. Su hombre.

–No debería haber dicho lo que dije. No lo merecías.

Era lo último que Sam esperaba oír.

–No, no lo merecía –repuso ella–. ¿Por qué me has traído contigo, Rafaele? La gente hace muchas preguntas... Y cuando se enteren de lo de Milo... No deberían vernos juntos. No ayudará para nada.

–Eres la madre de mi hijo, Samantha. Es inevitable que nos vean juntos, independientemente de lo que suceda en el futuro.

Sam se imaginó a Rafaele casado con una mujer bella y rubia, y a Milo, de mayor, bajándose de su propio avión para pasar unos días con su padre y su nueva familia. La imagen le provocó un intenso sufrimiento y reaccionó alejándose de Rafaele todo lo posible, en el asiento del coche.

Aparte del sufrimiento, sentía frustración sexual. Se sentía como si estuviera volviéndose loca. Lo único que veía su alrededor era la silueta de Rafaele e imaginó su cuerpo poderoso desnudo junto al de ella, penetrándola hasta conseguir que experimentara cierta tranquilidad.

Había pasado mucho tiempo desde la última vez que sintió la necesidad de darse placer a sí misma, pero, si no calmaba pronto aquel deseo, se volvería loca.

–Sam.

La voz de Rafaele era aduladora, y Sam sintió que se le aceleraba el corazón. Lo miró y, al notar un fuerte calor en la entrepierna, apretó los muslos con fuerza.

Rafaele le agarró la mano, y ella tuvo que contenerse para no gemir. Intentó retirarla, pero él no la dejó.

–Te deseo.

Su rostro estaba en penumbra, pero ella sentía su desesperación. Y no podría resistirse a su promesa silenciosa. Si se lo permitía, él calmaría el sufrimiento que la estaba destrozando por dentro.

Indefensa, con un susurro de súplica que odiaba, Sam contestó:

–Sí...

«Sí».

Rafaele se excitó nada más oír su respuesta. Deseaba devorar a Sam. Hacerla suya. Para siempre.

«¡No!», pensó Rafaele al asimilar el pensamiento que se había colado en su mente sin que él se diera cuenta.

Sin embargo, no podía soltarle la mano. Ni siquiera cuando ella volvió la cabeza para mirar por la ventana. Al ver el movimiento de sus pechos al respirar, Rafaele tuvo que cerrar la otra mano para evitar acariciárselos.

Cuando llegaron al *palazzo*, Rafaele se bajó del coche y lo rodeó para ayudar a salir a Sam. Ella lo miró y, al ver deseo en su mirada, él se excitó todavía más.

Con un suave movimiento, la tomó en brazos. Se sentía como una bestia. No podía hablar. Lo que necesitaba era algo que ni siquiera podía pronunciar. Era algo físico y visceral. Urgente.

Sam estaba en los brazos de Rafaele y se dirigían a la puerta del *palazzo*. Lo único que notaba era la presión del torso de él contra sus pechos y la fuerte atracción que ambos sentían.

La casa estaba en silencio. Él subió por las escaleras y la llevó directamente a su habitación. Durante un instante, ella recordó que después se arrepentiría y que seguía insegura acerca de lo que él sentía por ella.

Buscó la primera excusa que le vino a la cabeza y dijo:

—Espera... Milo.

Rafaele la dejó en el suelo, resbalándola por su cuerpo para que notara su miembro erecto. Empezó a desabrocharle el vestido y ella se estremeció.

—Milo está con Bridie, ya lo sabes.

—Rafaele...

—Deja de hablar, Sam. Te deseo. Tú me deseas. Es muy sencillo.

La besó de manera apasionada, y ella cedió.

Tenía húmeda la entrepierna y, cuando Rafaele le descubrió un pecho y se lo acarició, jugueteando con su pezón, supo que no sería capaz de resistirse.

Ella gimió y le rodeó el cuello con los brazos, acercándose más a él y atrapando su mano contra sus pechos.

Rafaele le sujetó el trasero con la otra mano, acariciándoselo, provocando que Sam moviera las caderas hacia su cuerpo con impaciencia. Ella notó la fuerza de su miembro erecto y una ola de deseo la invadió por dentro.

Rafaele se separó de ella un instante para desnudarse.

—Quiero que te desnudes también —le dijo.

Sam intentó terminar de desabrocharse el vestido, pero le temblaban tanto las manos que no lo consiguió. Rafaele la giró, le bajó la cremallera y la desvistió.

Sam se quitó los zapatos. Solo le quedaba la ropa interior de encaje. Rafaele la giró de nuevo y la miró de arriba abajo, deteniendo la mirada sobre sus pechos un instante.

—Eres preciosa.

—No, no es cierto —dijo ella, inclinando la cabeza.

Rafaele la sujetó por la barbilla para obligarla a que lo mirara.

—Sí lo es.

Eso ya había sucedido una vez. Él la había hecho sentir especial y muy femenina. Y, después, la había rechazado, pero en esos momentos, Sam no podía pensar en ello.

Rafaele la atrajo hacia sí otra vez y la besó, explorando el interior de su boca con la lengua. Estaba desnudo, y ella estiró el brazo para acariciarle el miembro. Lo agarró y empezó a mover la mano de arriba abajo, sintiendo su piel suave y resbaladiza.

Sin dejar de besarla, Rafaele deslizó la mano por el vientre de Rafael e introdujo la mano bajo su ropa interior, buscando la parte más íntima de su ser.

Mientras la acariciaba, Sam dejó de besarlo. Entonces, Rafaele introdujo uno de sus dedos en el interior de su cuerpo, y Sam experimentó un placer tan intenso que sintió que le flaqueaban las piernas.

Rafaele le bajó la ropa interior y la levantó para tumbarla en la cama. Sam lo miró y se maravilló ante su magnífica masculinidad. Ella se incorporó para sentarse en el borde de la cama, lo sujetó por las caderas y lo atrajo hacia sí.

–Sam...

Ella lo ignoró, agarró su miembro e inclinó la cabeza para acariciárselo con la boca. Al oír su gemido, ella le acarició la punta con la lengua, recordando qué era lo que más lo excitaba. Él introdujo los dedos en su pelo, para sujetarle la cabeza.

Ella lo sujetó con firmeza e introdujo el miembro en su boca, succionando. Él le había enseñado cómo hacerlo.

–*Dio,* Sam...

Ella notó que él se tensaba y que empezaba a mover las caderas hacia ella, como si no pudiera evitarlo. Con las manos, intentaba retirarla, pero ella sabía que era en contra de su voluntad. Él nunca le había permitido llegar tan lejos, pero Sam deseaba ver cómo perdía el control gracias a ella y continuó, ignorando sus súplicas, hasta que finalmente sintió el calor de su esencia en su boca y su garganta.

Sam permaneció con el miembro en su boca durante un momento y se retiró. No pudo evitar sonreír al ver la cara de asombro de Rafaele. Sam se percató de que él no estaba contento por la manera en que ella le había hecho perder el control y se sintió más poderosa que nunca.

Rafaele se agachó y se acercó a ella, apoyando las manos en la cama y obligando a Sam a retirarse hacia atrás.

–Creo que voy a tener que retenerte.

Sam lo miró un instante y, al ver que sacaba dos lazos de seda de un armario, se estremeció. No sabía cuál era su intención, pero deseaba descubrirlo...

Él le ató un lazo en cada mano. Sam se mordió el labio inferior y lo miró. Rafaele le colocó los brazos por encima de la cabeza y se los ató a uno de los postes de la cama.

–Rafaele... ¿Qué...?

Él se colocó sobre ella.

–Quiero demostrarte cómo se siente uno cuando pierde el control.

Inclinó la cabeza y la besó en la boca. Ella lo besó también y, al instante, experimentó un sentimiento de frustración por estar atada. Deseaba tocarlo pero no podía.

Él la besó en el cuello y le acarició el cuerpo, manteniéndose alejado de las zonas erógenas y provocando que ella tuviera que apretar los dientes para no suplicarle que lo hiciera.

Entonces, Rafaele le cubrió un pecho con la boca y ella arqueó la espalda. Él comenzó a juguetear con la lengua sobre sus pezones y, mientras, colocó la mano en su entrepierna. Durante un instante, se retiró hacia atrás para contemplar su cuerpo. Ella bajó la vista para ver que volvía a tener una erección.

Rafaele se agachó de nuevo y la besó en el vientre antes de separarle las piernas. Sam intentó mover los brazos. Nunca se había sentido tan expuesta y vulnerable.

Rafaele colocó la boca en su entrepierna y ella comenzó a respirar de manera acelerada.

–Rafaele...

Él ya había comenzado a explorar su sexo. Al descubrir que estaba preparada para él, introdujo la lengua en su sexo, provocando que gimiera de forma descontrolada. Al momento, sustituyó la lengua por los dedos y la penetró de nuevo, mientras que con la otra mano le acariciaba los senos.

Sam arqueó las caderas, suplicándole a Rafaele que le proporcionara más placer, que bebiera de ella cuando llegara al orgasmo... Tal y como había hecho ella. De pronto, el placer se volvió tan intenso que Sam comenzó a perder el control.

Rafaele se incorporó despacio y la besó en la boca para que ella saboreara la esencia de su propio deseo. Entonces, la penetró con fuerza y la miró. Ella solo podía ver el color verde de sus ojos. Y sus hombros mojados por el sudor...

Rafaele se retiró despacio y la sujetó por la espalda para capturar uno de sus pezones con la boca, succionando con fuerza mientras la poseía una vez más.

Sam gimió. Era demasiado. Deseaba mover los brazos, y tiró de los lazos. Necesitaba agarrarse a algo, antes de que Rafaele le hiciera perder el control por completo.

Sin embargo, no era capaz de articular palabra. Rafaele se movía cada vez más deprisa, y ella cerró los ojos, convencida de que, si los mantenía abiertos, él descubriría algo que todavía no estaba preparada para compartir.

—Sam, mírame —dijo Rafaele.

No podía hacerlo. Ella nunca se había sentido tan vulnerable y, si lo miraba, descubriría lo mucho que lo amaba, porque nunca había dejado de amarlo. Ni siquiera después de todo lo que había pasado y el millón de motivos que él le había dado para no amarlo.

—No —dijo ella.

Sam oyó que él manifestaba su frustración, pero sus cuerpos bailaban entrelazados y ninguno de los dos era capaz de parar. Continuaron hasta que la tensión era insoportable. Rafaele sentía la tensión del cuerpo de Sam alrededor de su miembro, ella estaba exprimiéndolo para que derramara su esencia en el interior de su cuerpo y la sensación era tan intensa que Sam no pudo evitar que los ojos se le llenaran de lágrimas. Al momento, ambos llegaron al orgasmo.

Sam volvió la cabeza hacia un lado y, al sentir que una lágrima rodaba por su mejilla, dijo:

—Desátame, Rafaele.

Ella estaba temblando de placer, pero también por haberse dado cuenta de la intensidad de los sentimientos que tenía hacia él.

—Sam...

—Desátame —repitió ella.

Él estiró los brazos, y Sam se estremeció de nuevo al sentir el roce de su torso contra el cuerpo. Cuando la liberó, Sam se retiró rápidamente y se bajó de la cama. Agarró lo primero que encontró para cubrirse, que resultó ser la camisa de Rafaele, y se dirigió hacia la puerta. Pretendía impedir que él pudiera ver sus sentimientos.

—Sam, espera... ¿Dónde vas...?

Sam ya se había marchado, alejándose de su presencia. Él deseaba dominarla y demostrarle quién tenía el control, y lo había hecho.

Rafaele estaba aturdido. La imagen de Sam, con las manos atadas sobre la cabeza, y una lágrima rodando por su mejilla, quedaría grabada para siempre en su retina. Todavía sentía la fuerza del cuerpo de Sam sobre su cuerpo, y sabía que no había girado la cabeza por dolor o incomodidad.

Recordaba que el último momento en el que había pensado con claridad había sido justo antes de derramar su esencia en la boca de Sam... Blasfemó y se levantó de la cama, con nerviosismo.

Siempre se había sentido atraído por ella más que por cualquier otra mujer. Él la había mirado cuando Sam retiró la boca de su miembro y había visto que ella sonreía. Inevitablemente, lo primero que le había venido a la cabeza había sido: «¿Lo habría hecho con él también? ¿Con el amante que había tenido? ¿Había sido él el primero en experimentar cuánto placer podía ofrecer con su boca?».

La idea había hecho que se pusiera furioso y que se sintiera vulnerable, como hacía mucho tiempo que no se sentía.

De pronto, Rafaele había querido retomar el control de la situación y la había atado para que no pudiera tocarlo. Sin embargo, atarla solo le había servido para que la experiencia fuera más erótica y atractiva, y para demostrarle que ella tenía un fuerte poder sobre él.

Se vistió y salió de la habitación. Sam había estado llorando. La buscó en su dormitorio, pero la habitación estaba a oscuras y la cama estaba sin deshacer. Entonces, bajó por las escaleras.

La encontró en la sala de estar, de pie junto a la ventana, contemplando la luna llena. Llevaba puesta su camisa y sus piernas esbeltas quedaban al descubierto. Con aquella prenda blanca, parecía muy frágil.

–Sam...

Capítulo 9

SAM tensó los hombros al oír que Rafaele se acercaba a ella en silencio y se volvió para mirarlo. Él se fijó en que ella tenía un vaso en la mano con un líquido de color ámbar.

Ella sonrió y levantó el vaso hacia él.

–Chin-chin –le dijo, y se bebió el contenido de un trago.

–Sam... –dijo él con un nudo en la garganta–. Lo siento. No pretendía hacerte daño.

–No me has hecho daño, Rafaele. Lo he disfrutado. Está claro que te has convertido en alguien más pervertido desde que te conocí... ¿Te lo enseñó alguna amante en particular? ¿O es solo que tu rutina sexual es demasiado aburrida?

Rafaele apretó los dientes.

–Nunca he hecho eso con ninguna otra mujer –admitió.

Sam arqueó una ceja y soltó una carcajada.

–¿Así que solo soy yo? Debería sentirme halagada por ser capaz de haberte hecho enfadar tanto como para que tuvieras que atarme.

–¿Enfadar? –preguntó él frunciendo el ceño. ¿Sus celos habían sido tan evidentes?

–Sé que estás enfadado por lo de Milo, Rafaele, pero no puedes vengarte de mí así.

–Si no estoy enfadado por lo de Milo –dijo Rafaele, casi sin pensar.

De pronto, se percató de que ya no estaba enfadado por eso. El enfado había sido sustituido por la rabia. Rabia hacia aquella mujer por ser capaz de hacerle perder el control y la percepción de lo que era importante para él. Rabia por sentirse tan vulnerable cuando estaba con ella.

No obstante, parecía que Sam no lo había oído. Se acercó a él para dejar el vaso y él se fijó en las curvas de sus senos. Su cuerpo reaccionó al instante. Tenía la sensación de que nunca conseguiría saciarse. Ni aunque estuviera con ella toda una vida. Lo que había entre ellos nunca se agotaría, simplemente cada vez se haría más intenso.

Rafaele estaba tan asombrado por sus reflexiones que ni siquiera se percató de que Sam había salido de la habitación. Acababa de darse cuenta de que no podía dejarla marchar y, sin embargo, le parecía lo más evidente del mundo.

Sam se agarró a la barandilla mientras subía por la escalera. Rafaele le había dicho que no estaba enfadado por lo de Milo, pero estaba enfadado con ella. Eso estaba claro. ¿Quizá porque la deseaba y se resentía por ello?

Todo el control que había sentido antes de que Rafaele hubiera aparecido y, durante la breve conversación, se había evaporado. No podía dejar de temblar. De algún modo, llegó a su habitación, cerró la puerta y se apoyó en ella. Una vez más, las lágrimas se agolparon en sus ojos. Otra vez. Lágrimas por el hombre al que probablemente nunca llegaría a comprender.

Sam estaba demasiado agotada como para lidiar con los botones de la camisa. Se sentía débil a causa del intenso placer. Tiró de la camisa, arrancó los botones y se subió a la cama. Por la mañana se daría una ducha para borrar el aroma a sexo de su piel, porque, por el momento, no quería hacerlo. A pesar de lo que había sucedido.

—Rafaele dijo que dentro de una hora saldríamos para Roma.

Sam miró a Bridie, que acababa de entrar en el comedor.

—¿Sí?

Bridie llevaba a Milo de la mano, y el pequeño corrió hasta donde estaba Sam. Ella lo abrazó, percibiendo su aroma de bebé.

Bridie se sirvió una taza de café, y dijo:

—¿Qué tal la fiesta de anoche?

Aquella mañana, cuando Sam bajó a desayunar, se enteró de que Bridie, Milo y Umberto ya habían desayunado. Al parecer, Rafaele también, porque su plato estaba sucio en la cabecera de la mesa.

—Era muy elegante —contestó Sam. Consciente de que a Bridie le encantaría oír los detalles acerca del lujo y de los vestidos de las asistentes, Sam se lo contó todo, tratando de ignorar los inquietantes recuerdos que amenazaban con invadir su cabeza en cualquier momento.

Tardaron menos de una hora en llegar a Roma desde Milán, y Rafaele lo había arreglado todo para que recogieran a Bridie en el aeropuerto y la llevaran directamente al Vaticano, para que hiciera el tour privado que Rafaele le había organizado. Ellos se marcharon en otro coche que conducía Rafaele.

–¿Estás bien? –preguntó él.

Sam se sorprendió al oír preocupación en su voz, asintió y miró a Milo, que iba en el asiento de atrás. El pequeño iba agarrado a un osito de peluche que le había regalado Umberto. A Sam le había parecido que el hombre tenía lágrimas en los ojos cuando se marcharon y, también, que tras mirar a Bridie con interés ella estaba más nerviosa de lo normal.

Mientras Rafaele conducía para sacar el coche de la pista de aterrizaje privada, Sam dijo:

–Tu padre... No es lo que yo esperaba.

–No... Me sorprendí de cómo acogió a Milo enseguida.

–Ha sido muy amable –admitió Sam–. Después de todo, es su único abuelo. Mi padre solo conoció a Milo de bebé, así que él no lo recuerda. Bridie es como una abuela para Milo, pero es diferente...

–Sí –dijo él, lo es.

–Deberíamos... –Sam se sonrojó y se calló enseguida–. Quiero decir, debería intentar que Milo viera a Umberto todo lo posible. ¿Crees que vendrá a visitarnos a Inglaterra?

Rafaele miró a Sam con una media sonrisa.

–Creo que podríamos convencerlo... Sobre todo si Bridie va a estar allí.

Sam sonrió.

–¿Tú también te has dado cuenta?

Rafaele la miró y se puso serio. Él le agarró la mano y se la sujetó. El cuerpo de Sam reaccionó al instante. Ella intentó soltarse, pero él no se lo permitió. El recuerdo de la noche anterior, atada a la cama, invadió su cabeza y provocó que se excitara.

–Sam, tenemos que hablar –dijo él, después de soltarle la mano para conducir entre el tráfico.

Ella miró a Milo y después a Rafaele.

–No hay nada de qué hablar.

–Sí, Sam –aseveró él–. Te guste o no. Esta noche saldremos a cenar.

–Rafaele...

Pero él la interrumpió fulminándola con la mirada.

Sam no añadió nada más. Sabía que Rafaele tenía razón. Tenían que hablar. Sobre lo que pasaría con Milo en un futuro y sobre el hecho de que no quería acostarse de nuevo con él. «Mentirosa», una vocecita se mofó de ella.

–Os dejaré en el apartamento y, después, me temo que tendré que pasar por la oficina durante un par de horas.

–Está bien –dijo ella, aliviada por el hecho de separarse unas horas de Rafaele. Quizá, durante ese tiempo, conseguiría calmar sus recuerdos y sentir un poco de paz.

El apartamento que Rafaele tenía en Roma estaba en el centro. Cuando llegaron, Rafaele le mostró a Sam su dormitorio y el de Milo. Nada más entrar, el niño comenzó a mirar todos los juguetes que le habían preparado.

Rafaele miró a Sam como esperando a que le echara la bronca, pero ella sonrió con resignación y se encogió de hombros.

Él se acercó a ella, la sujetó por la barbilla y le acarició el labio inferior con el dedo pulgar.

Sam sintió que una ola de deseo la invadía por dentro y negó con la cabeza.

–Hablaremos esta noche, Sam –dijo él, y se volvió hacia Milo–. *Ciao, piccolino*. Tengo que ir a trabajar.

Milo dejó lo que estaba haciendo y, por primera vez desde que conoció a Rafaele, corrió hacia él y le dio un beso.

–Adiós, papá.

Sam nunca había imaginado que Milo aceptaría la nueva situación con tanta facilidad. La idea provocó que sintiera una fuerte presión en el pecho.

–Mamá, ¡juega conmigo!

Sam miró a su hijo y sonrió. Se agachó a su lado y se entregó al mundo fantástico y colorido de los niños de tres años.

Esa noche, Bridie todavía estaba rebosante de alegría después de su visita al Vaticano.

–Era la única visitando la Capilla Sixtina... ¡La única! Y creo que he visto al Papa paseando por el jardín privado... Un cura daba la misa en latín. Oh, Sam, ha sido maravilloso.

Sam sonrió y se agachó para recoger su bolso. Sam había llamado para decirle que enviaría un coche a que la recogiera y que se encontraría con ella directamente en el restaurante.

–¿No irás a salir así? –le preguntó Bridie.

Sam miró la ropa que llevaba. Unos pantalones vaqueros, una camisa de cuadros y unas zapatillas de deporte. De pronto, se dio cuenta de que lo más probable era que Rafaele hubiese reservado en un sitio elegante.

–Sé que has traído el vestido negro, Sam. Tienes que cambiarte.

Sam siguió a Bridie y esperó a que ella sacara el vestido.

–Ponte esto y maquíllate. Te avisaré cuando llegue el coche.

Milo apareció corriendo por el pasillo, y Bridie lo agarró y dijo:

–Es la hora de cenar y de acostarse, jovencito. Mañana regresamos a casa y tienes que estar descansado.

Sam se cambió de ropa y se maquilló. Al día siguiente, regresarían a Inglaterra, por eso Rafaele quería hablar con ella.

Estaba segura de que él tendría claro qué era lo que deberían hacer cuando regresaran a casa, y temía que él pretendiera cambiar su rutina y la de Milo por completo.

–Sam, ¡ha llegado el coche!

Ella respiró hondo, se puso unos zapatos de tacón que había llevado y salió a encontrarse con su destino.

El restaurante no era nada parecido a lo que Sam esperaba. El local estaba en un edificio rústico y, a pesar del frío del mes de febrero, tenía algunas mesas fuera.

Sam vio a Rafaele nada más entrar, y no pudo evitar que se le acelerara el corazón. Un camarero le recogió el abrigo y los guio hasta una pequeña mesa.

Rafaele separó la silla para que se sentara y, después de mirar a su alrededor, Sam comentó:

–Bridie opinaba que tenía que arreglarme un poco... Ahora veo que no era necesario. Creía que habrías reservado en un restaurante más elegante.

–¿Te he decepcionado? –preguntó Rafaele.

Sam lo.miro y contestó:

–¡Oh, no! Me encanta. Es solo que nunca imaginé que te gustara un sitio así.

Se fijó en la barba incipiente que cubría su mentón

y no pudo evitar excitarse al imaginarlo con el rostro entre sus piernas. Disgustada consigo misma, apretó los muslos con fuerza.

–Este es mi restaurante favorito. Se especializan en cocina del norte y son famosos por todo el mundo. Sin embargo, han conseguido mantenerse tal y como empezaron...

En ese momento, se acercó un hombre y saludó a Rafaele de manera efusiva. Después, saludó a Sam y le besó la mano. Ella sonrió a pesar de que no comprendía ni una palabra de lo que decía.

Cuando se marchó, Rafaele comentó:

–Se llama Francisco y es el gerente. Lo conozco desde mi época de estudiante, cuando solía trabajar aquí.

–¿Tú trabajabas aquí? –preguntó ella, recordando que le había comentado que había trabajado en tres sitios a la vez para pagarse los estudios.

Él asintió y partió un pedazo de pan.

–Es difícil creerlo –dijo ella.

–¿Crees que no soy capaz de tomar nota y limpiar mesas?

–Nunca me lo habías contado –dijo ella.

Al momento, Rafaele puso una expresión difícil de interpretar, y Sam deseó tocarlo.

–Antes era diferente...

–Lo sé. No querías que te vieran conmigo en público.

Rafael la miró y contestó:

–No era eso...

Un camarero los interrumpió para tomarles nota.

Otra pareja entró en el restaurante agarrada de la mano, y Sam no pudo evitar tener un sentimiento agridulce. En el pasado, ya había deseado algo que nunca conseguiría, y no volvería a cometer el mismo error.

Cuando el camarero se marchó, Sam se apoyó en el respaldo de la silla y miró a Rafaele.

–¿Qué era entonces?

–No quería compartirlo contigo... Esa es la verdad. Quería encerrarte en mi *palazzo*. Me enervaba la idea de que estuvieras todo el día trabajando rodeada de hombres que podían desearte.

Sam tuvo que contenerse para no soltar una carcajada al ver que Rafaele estaba celoso.

–¡No me deseaban!

–Sí. Tú no te dabas cuenta, pero se fijaban en ti. Yo nunca había conocido a otra mujer como tú. Una mujer que me excitaba más de lo que creía posible.

Sam sintió que se le formaba un nudo en el estómago. En ese momento, el camarero apareció con los aperitivos, y ella se concentró en la comida. No estaba segura de dónde los llevaría esa conversación.

Cuando terminaron el aperitivo, Rafaele se acomodó en la silla y agarró la copa de vino.

–Sam... Anoche, en la fiesta...

Ella se puso tensa. No quería hablar de ello.

–No quería decir lo que dije acerca de convertirte en mi amante. Sé que no eres esa clase de mujer.

–Repítelo otra vez, si quieres –dijo ella, después de soltar una risita.

Él se inclinó hacia delante y dejó la copa de vino.

–*Dio,* Sam, deja de poner palabras en mis labios. Quería decir que vales mucho más que cualquiera de las otras mujeres que estaba allí.

Ella lo miró y le dio un vuelco el corazón. Rafaele la miraba fijamente.

El camarero apareció con el segundo plato y, cuando se marchó, Sam le preguntó a Rafaele:

–¿Qué quieres decir?

–Come... Hablaremos después.

A Sam se le había quitado el hambre, pero se forzó a probar el pescado que había pedido. Cuando terminaron y les retiraron los platos, Rafaele la miró de nuevo.

–Debería haberlo pensado mejor antes de llevarte a la fiesta conmigo. No porque no quisiera que me vieran contigo, sino porque tenías razón. Tenemos que saber qué somos.

Sam frunció el ceño.

–¿Y qué somos?

Rafaele estiró el brazo y le agarró la mano.

–Sam... Creo que deberíamos casarnos.

Sam lo miró asombrada.

–¿Qué has dicho?

–He dicho que creo que deberíamos casarnos.

Sam apenas se percató de que Rafaele le soltó la mano cuando el camarero se acercó a servirles el postre y el café. Estaba perpleja.

Negó con la cabeza y preguntó:

–¿Acabas de decir que crees que deberíamos casarnos?

Él asintió.

–¿Y por qué diablos has dicho eso?

Sam notó que se le erizaba la piel. Cuatro años atrás, después de enterarse de que estaba embarazada, había soñado con un momento como ese. Sin embargo, en su sueño, Rafaele aparecía arrodillado frente a ella y no sentado frente a ella, como si estuvieran hablando de cualquier otra cosa.

Lo peor de todo era que ella había crecido convencida de que nunca se casaría, asustada al ver que su padre se quedaba destrozado después de perder a su esposa. Al conocer a Rafaele, se olvidó de todo y comenzó a soñar con pasar el resto de la vida a su lado.

–¿Por qué? –preguntó ella, enfadada–. ¿De veras crees que soy un caso perdido y que estaré encantada de aceptar para que cuides de Milo y de mí? –no podía dejar de hablar–. El hecho de que hayas decorado un par de habitaciones, no te convierte en padre y esposo, Rafaele. Así que no sé de dónde te has sacado la idea. Solo es otra manera de controlarnos, ¿verdad?

–No, Sam. Piensa en ello. ¿Por qué no deberíamos casarnos? He estado pensando en comprar una casa en Londres. Podríamos vivir allí. Bridie podría venir con nosotros. Buscaríamos un buen colegio para Milo. Yo tendré que trabajar en Inglaterra durante una larga temporada, y mis viajes a Europa no serán muy frecuentes.

Lo tenía todo pensado. Por un lado, todo lo que le ofrecía formaba parte de la fantasía que ella había tenido en una ocasión. Solo tenía que pensar en la noche anterior y en cómo había estado a punto de dejar sus sentimientos al descubierto. Aterrorizada, Sam se puso en pie y salió del restaurante.

Rafaele la observó marchar. No era la primera vez que él provocaba que se marchara de su lado. Parecía asustada. Y no era la reacción que un hombre esperaba cuando hacía una propuesta de matrimonio. Puso una mueca y se percató de que realmente no le había hecho una propuesta de matrimonio, pero ¿desde cuándo Sam estaba interesada en las flores y los corazones? ¿Eso era lo que quería? Lo que él sugería era algo eminentemente práctico.

Se puso en pie. Su amigo Francisco gesticuló para que saliera a buscar a su amada, y Rafaele le hizo caso y salió a la calle.

Sam se alejaba caminando y, cuando él la llamó, aceleró el paso.

Rafaele la siguió y él la alcanzó.

—Tu bolso y tu abrigo, Sam.

Ella se detuvo y se volvió para mirarlo. Agarró su abrigo y se colgó el bolso en el hombro.

—No sé cómo se te ha ocurrido sugerir tal cosa.

Rafaele metió las manos en los bolsillos para no abrazarla. Deseaba besarla. Siempre lo había deseado, pasara lo que pasara.

—Me parecía una buena idea. Hay más aspectos positivos que negativos. Tenemos una relación. Nos llevamos bien. Tenemos un hijo juntos... Y, además, hay mucha química entre nosotros. No puedes negarlo, *cara*.

—La química se acabará.

—Tenemos un hijo. ¿No te parece motivo suficiente? Quiero que Milo lleve mi apellido. Será el heredero de una gran empresa. De una fortuna.

—No, Rafaele —dijo ella—. No es suficiente. En una ocasión, pensé que podía serlo, pero ya no. Quiero algo más, para Milo y para mí. Merece tener unos padres que se quieran.

—Ambos sabemos que los cuentos de hadas no existen. Lo que tenemos es algo mejor que eso, Sam. Podemos confiar el uno en el otro. Nos respetamos.

—¿Cómo sé que me has perdonado por haberte ocultado lo de Milo? ¿Que no lo usarás en mi contra en un futuro?

—Sam, ya no se trata de eso. He comprendido que tenías tus motivos. No podemos cambiar el pasado, pero podemos asegurarnos de hacerlo bien en el futuro.

Sam lo miró un instante.

—No me casaré contigo para arreglar las cosas. Para hacértelo más fácil. Quiero algo más...

Rafaele sintió que la rabia lo invadía por dentro al pensar en que otro hombre podía mudarse a casa de Sam, despertarse a su lado todas las mañanas y hacerle el amor con calma...

–¿De veras crees que alguien como tu examante puede ofrecerte la felicidad eterna? Si ni siquiera existe.

Sam resopló.

–No voy a hablar más de esto, Rafaele. No quiero casarme contigo. Así de sencillo.

Rafaele sintió una fuerte tensión en el pecho.

–Entonces... –casi no reconocía su propia voz–. No me dejas más opción que ir por la vía legal para obtener la custodia de mi hijo.

Sam se cruzó de brazos y susurró:

–No tiene por qué ser así, Rafaele. Podríamos llegar a un acuerdo.

–Quiero a mi hijo, Sam, y quiero que lleve mi apellido.

–No puedo enfrentarme a ti en un juicio. No tengo los recursos necesarios.

–Fuiste tú la que empezó todo esto, Samantha.

–Has estado manipulándonos todo este tiempo, creándome una falsa sensación de seguridad. Mañana, regresaremos a casa. Haz lo que quieras...

Rafaele observó que Sam paraba un taxi que pasaba por la calle. Ella se subió al vehículo y, cuando pasó a su lado, él se percató de que estaba muy seria. En ese momento, Rafaele sintió que algo se rompía en mil pedazos en su interior.

Capítulo 10

AL DÍA siguiente, Rafaele los acompañó al aeropuerto. Les había reservado un billete en primera clase.

Milo estaba confundido y no paraba de preguntar:

—Mamá, ¿por qué no viene papá?

Sam le contestó por enésima vez, tratando de no romper a llorar.

—Porque tiene que trabajar. Lo veremos pronto «en un juicio, probablemente», pensó después.

La noche anterior, nada más entrar en la casa, se había dirigido a su dormitorio y había cerrado la puerta con llave. La propuesta de Rafaele le demostraba que nada había cambiado. Quería a Milo, y ella solo era su manera para conseguirlo.

Odiaba pensar que, quizá, la atracción física que había demostrado por ella también hubiera sido una farsa.

Rafaele tenía a Milo en brazos y se estaba despidiendo de él en voz baja:

—*Adiós, piccolino*. Te veré pronto.

Milo abrazó a Rafaele por el cuello, y Rafaele miró a Sam por encima del pequeño. Avisaron la salida del vuelo, y ella estiró los brazos para recoger a Milo. Al cabo de unos momentos, él se lo entregó.

Después, Bridie se despidió de Rafaele y le agradeció que la hubiera llevado al Vaticano. Sam se dirigió hacia la puerta de embarque sintiéndose como si le hubieran partido el corazón.

—He pensado que, si no te importa, voy a quedarme aquí unos días —le dijo Rafaele a su padre.

Había pasado una semana desde que Sam y Milo habían regresado a su casa, y Rafaele sentía un enorme vacío en su interior.

—Por supuesto —contestó el padre—. Esta es tu casa, tanto como la mía. Si no hubiese sido por ti, habría permanecido en ruinas y el banco se habría quedado con ella.

—Eso no es importante. Ahora todo es diferente.

—Sí —dijo Umberto—. Milo es un regalo. Y Sam es una buena mujer. Es una buena mujer para ti, Rafaele. Una mujer de verdad. Sincera.

Rafaele soltó una risita, y dijo:

—No hables de lo que no sabes, papá. Me ocultó a mi hijo durante casi cuatro años.

Rafaele se levantó de la mesa y se acercó a la ventana. Deseaba regresar a Inglaterra para ver a Milo, pero no quería hacerlo... Por Sam. Ella había provocado que surgieran muchas cosas en su interior.

—Debía de tener un buen motivo para hacerlo.

«Así es, le di motivos para pensar que estaba deseando que se marchara».

—Repito que no es asunto tuyo —repuso Rafaele, con cargo de conciencia.

Oyó que su padre se levantaba de la silla, pero continuó mirando por la ventana mientras la rabia lo invadía por dentro.

—Lo siento, Rafaele....

Rafaele se puso tenso y se volvió despacio:

–Lo sientes, ¿por qué?

Umberto lo miraba con tristeza.

–Por todo. Por haber sido tan estúpido como para perder el control de mí mismo, por perder nuestra fortuna en el juego, por perder el negocio, por suplicarle a tu madre que no se marchara delante de ti... Sé que presenciarlo tuvo que afectarte...

Rafaele esbozó una sonrisa. Con tristeza. Sentía una fuerte presión en el pecho y tenía sensación de que no podía respirar.

–¿Por qué lo hiciste? ¿Por qué no la dejaste marchar sin más? ¿Por qué tuviste que suplicar de esa manera?

Su padre se encogió de hombros.

–Porque pensé que la amaba, pero en realidad no era así. Solo que entonces no lo sabía. La deseaba porque era bella y distante en el plano emocional. Para entonces, ya lo había perdido todo. Ella era lo único que me quedaba y sentía que, si se marchaba, yo me evaporaría también.

Rafaele recordaba sus palabras como si las hubiera oído el día anterior.

«¿Qué será de mí si me dejas? Sin ti no soy nada. No tengo nada...».

–Te quería –dijo en voz baja–. Y quise recuperarte cuando conseguí un trabajo para llevar una vida modesta, pero tu madre no me dejó ni acercarme a ti. Solo podía verte durante esas visitas en Atenas.

Rafaele recordaba que aquellos encuentros solían ser tensos y forzados.

–¿Por qué me cuentas todo esto? –preguntó Rafaele, enfadado con su padre por haber sacado ese tema.

–Porque me doy cuenta de que tienes miedo, Rafaele. Sé que eso es lo que te ha empujado a reflotar

Falcone Industries con éxito, pero no tienes por qué tener miedo. No eres como yo. Eres mucho más fuerte de lo que yo fui nunca. Y no quieres hacerle a Milo lo que yo te hice a ti. Él nunca te verá vulnerable y humillado.

Rafaele se sentía mareado porque sabía que tenía la capacidad para repetir lo que su padre había hecho.

—No permitas que el miedo estropee tu oportunidad de ser feliz, Rafaele. Yo he vivido amargado mucho tiempo. Tú has demostrado tu valía. Nunca te faltará nada... No tengas miedo de desear más.

Rafaele miró a su padre y se fijó en que su rostro tenía una expresión de tristeza en la que nunca había reparado.

—No tengo miedo —dijo medio desafiante, pero sabía que era mentira. Estaba aterrorizado.

—Vamos, es la hora de irse a la cama.

—No. No quiero ir a la cama.

Sam suspiró. Desde que habían regresado a casa, Milo se estaba comportando de forma rebelde, y cada día preguntaba por Rafaele.

—¿Dónde está mi papá? ¿Cuándo va a venir? ¿Por qué ya no tenemos coche? ¿Dónde está mi abuelo?

Sam miró a Bridie, que estaba ayudando a arreglar las cosas de Milo. Justo en ese momento, sonó el timbre, y Milo corrió hacia la puerta.

—¡Papá, papá!

—Milo, no será él... —dijo Sam acercándose a la puerta.

Sam abrió la puerta esperando encontrarse a una vecina, pero no fue así.

—¡Papá! —exclamó Milo al ver quién era.

Rafaele se agachó y abrió los brazos, y Milo corrió hacia para abrazarlo. Sam no pudo evitar que se le encogiera el corazón.

Se fijó en que él llevaba algo en la mano. Cuando dejó a Milo en el suelo, le entregó el paquete. Era un coche teledirigido.

–¡Vaya! –exclamó el pequeño.

–Milo, ¿qué se dice? –le dijo Sam.

–¡Gracias!

Sam estaba muy nerviosa y no se atrevía a mirar a Rafaele.

Bridie agarró a Milo de la mano, y le dijo:

–Ven. Me prometiste que me ayudarías a encontrar mis gafas en mi apartamento.

Milo comenzó a protestar, pero Bridie lo tomó en brazos y lo calmó prometiéndole que le pondría una película. Se marcharon antes de que Sam pudiera decir nada y, de pronto, estaba a solas con Rafaele. Se armó de valor y lo miró a los ojos. Tenía un aspecto horrible.

–¿Qué ha pasado? –preguntó preocupada–. ¿Tu padre está bien?

–Sí. Está bien. Preguntando por vosotros.

–Entonces, ¿qué pasa? Tienes mal aspecto.

Rafaele sonrió un instante y luego se puso muy serio.

Sam se cruzó de brazos y preguntó con nerviosismo:

–¿Has contactado con los abogados? Si lo has hecho, podrías haberte ahorrado la molestia, Rafaele...

Él negó con la cabeza.

–No. Nunca debería haberte dicho tal cosa. Lo siento. Por supuesto que no llamaré a los abogados...

–Entonces, ¿por qué lo dijiste?

Rafaele soltó una risita.

–Porque contigo me siento amenazado en muchos aspectos y pensé que así podría controlarlo... Controlarte.

Rafaele se quitó la chaqueta de piel y la colgó al pie de la escalera. Llevaba un jersey fino y unos pantalones vaqueros y, al verlo, Sam sintió que una ola de deseo la invadía por dentro.

De pronto, Rafaele preguntó:

–¿Te importa si me tomo una copa?

Sam negó con la cabeza y dio un paso atrás. Rafaele entró en el salón y se sirvió una copa de whisky.

–Rafaele, ¿para qué has venido?

–Porque tenemos que hablar. En serio. ¿Te conté que yo tenía la edad de Milo cuando mi madre abandonó a mi padre y me llevó con ella? –le preguntó.

–Sam asintió.

–Por desgracia, ese día vi a mi padre arrodillado a los pies de mi madre, suplicando que no se marchara. Ese día vi a un hombre destrozado y, durante mucho tiempo, pensé que la culpable había sido mi madre. Me equivoqué. Todo era mucho más complicado.

–Tu padre me ha contado alguna cosa.

Rafaele continuó hablando:

–Después, mi padrastro... Menudo elemento. Yo pasé de vivir con un hombre que lo había perdido todo a vivir con otro que lo tenía todo. Lo único que tenían en común era mi madre. Ambos estaban obsesionados con ella y la deseaban por encima de todo. ¿Y ella...? –esbozó una sonrisa–. Ella se mostraba distante con ambos, pero eligió a mi padrastro porque él le podría ofrecer el estatus y la seguridad que le gustaba... Durante mucho tiempo no quise pensar en por qué había hecho algo así, pero cuando descubrí a mi hermanastro y me enteré de que lo había abandonado, me di cuenta de que, quizá, lo que más necesitaba ella era tener una sensación de seguridad. A saber qué era lo que le pasó con su primer marido para que hiciera algo tan drástico como abandonar a su hijo con su padre...

Rafaele la miró y puso una mueca.

–Desde muy pequeño, empecé a pensar que las mujeres podían arruinar la vida de un hombre exitoso y con dinero. Creía que para poder triunfar debía mantener a las mujeres a la misma distancia que mi madre mantenía a los hombres con los que salía. Decidí que nunca sería débil como mi padre o mi padrastro, y que nunca perdería el control. Entonces, apareciste tú, y me cautivaste de tal manera que no me di cuenta de que había perdido el control hasta que era demasiado tarde.

Sam sintió que se le aceleraba el corazón.

–No... ¿Qué quieres decir, Rafaele?

Él la miró fijamente.

–Quiero que nos casemos, Sam...

Ella sintió un nudo en el estómago. Él no iba a dejar el tema. Sam retrocedió hacia la puerta y vio que él dejaba la copa y fruncía el ceño.

–¿Sam?

Sam salió de la habitación y se dirigió a abrir la puerta principal. Rafaele apareció en el pasillo.

Ella negó con la cabeza.

–Rafaele, siento de veras que tuvieras que presenciar una cosa así cuando eras pequeño, y que eso hiciera que tomaras esa postura ante las mujeres... Comprendo que te haya afectado conocer a Milo ahora, con la misma edad que tenías tú... Sin embargo, no puedo casarme contigo.

Trató de sostenerle la mirada a pesar de que se sentía como si le estuvieran clavando un puñal.

–Quiero algo más, Rafaele... A pesar de lo que te dije acerca de mi opinión sobre el matrimonio, en el fondo, siempre he deseado conocer a alguien y enamorarme. Yo también pensé que podría protegerme, pero no es cierto... Nadie puede.

Rafaele vio a Sam en la puerta del porche y pensó que estaba más bella que nunca. Su corazón se le había partido en mil pedazos y sabía que no le quedaba más remedio que arriesgarse.

Se acercó a su lado y se arrodilló frente a ella. Sam lo miró aterrorizada. Cerró la puerta y se apoyó en ella.

–Rafaele, levántate... ¿Qué estás haciendo?

–Sam, esta escena ha sido mi pesadilla durante mucho tiempo. Ya estoy cansado de ella. La verdad es que yo también quiero algo más. Lo quiero todo. Y estoy dispuesto a suplicar para conseguirlo, igual que mi padre. Excepto que sé que esto es diferente.

Sam negó con la cabeza, y Rafaele vio que se le iluminaba la mirada.

–No tienes que hacer esto para demostrar nada. Levántate, Rafaele...

Él negó con la cabeza.

–Sam, ¿no te das cuenta?

–¿De qué?

–De que estoy tan locamente enamorado de ti que lo he estropeado todo... –bajó la vista un instante y continuó–: Sé que tú no sientes lo mismo por mí... ¿Cómo ibas a hacerlo después de lo mal que te he tratado en el pasado? Sin embargo, confío en que lo que tenemos sea suficiente para tener una buena relación y que con el tiempo llegues a sentir algo por mí. Tenemos a Milo...

Sam lo miró y susurró:

–¿Has dicho que me quieres?

Rafaele asintió. Sam cerró los ojos y suspiró. Cuando los abrió de nuevo, estaban llenos de lágrimas.

–Sam... –dijo él, e hizo ademán de levantarse.

Antes de que Rafaele se pusiera en pie, Sam se lanzó a sus brazos y ambos cayeron al suelo. Quedó tumbada encima de él, y no pudo evitar mojarle las mejillas con las lágrimas que derramaba. Él la abrazó y la besó de forma apasionada.

Al cabo de un momento, ella se retiró y, sujetándole el rostro, le preguntó:

–¿Me quieres?

–Te quiero, Sam. Quiero que formes parte de mi vida para siempre... Y Milo también. Quiero que seamos una familia. No puedo vivir sin ti. Cuando te marchaste la semana pasada, sentí que moría por dentro.

–Yo también te quiero, Rafaele. Me enamoré de ti hace cuatro años y, cuando me dejaste, pensé que moriría... Entonces, nació Milo, y pensé que había dejado de quererte para empezar a odiarte, pero no fue así. Siempre te he querido y siempre te querré.

Rafaele se sentó, y Sam le rodeó la cintura con las piernas. Estaba sentada en su regazo, y él se excitó aún más. Trató de no pensar en ello y se obligó a mirarla a los ojos, preguntándose cómo no se le había ocurrido hacer eso antes, si era lo más sencillo del mundo.

–Yo también me enamoré de ti, pero estaba tan asustado que salí huyendo. Nunca había permitido que nadie me cautivara de ese modo, y no supe cómo manejarlo. Como un cobarde, te dejé sola en una situación traumática...

Sam le acarició el rostro con ternura y lo miró.

–Yo te castigué de la peor manera. Tenías razón, estaba dolida y destrozada porque no me querías... Te mantuve apartado de Milo, y no lo merecías.

–Comprendo por qué lo hiciste, Sam. Percibiste que yo deseaba escapar. No de ti, sino de mí mismo... No te pude olvidar.

–Sin embargo, te acostaste con una mujer casi inmediatamente.

–¿Servirá de algo si te digo que, a pesar de lo que pudiera parecer, no me acosté con nadie hasta un año después de que te marcharas? –puso una mueca–. No era capaz de... No era capaz de excitarme.

–¿Eras impotente?

–No soy impotente.

Sam se movió en su regazo y notó su miembro poderoso.

–Conmigo no, desde luego.

Rafaele le acarició el labio inferior.

–Nunca sería impotente contigo. Me excito con solo mirarte.

–Yo también...

–Sam, aquella noche, cuando te até...

Ella se sonrojó una pizca y miró a otro lado. Él la sujetó por la barbilla para que lo mirara.

–Me gustó –susurró avergonzada.

–Pero lloraste después.

–Porque acababa de darme cuenta de que todavía te quería mucho. Me sentía muy vulnerable, y pensé que todavía me estabas castigando por lo de Milo.

–Estaba enfadado, pero era porque me habías cautivado de nuevo y no quería que fuera así. Provocabas que me sintiera fuera de control, y por eso quería controlarte.

–Quedamos en paz si la próxima vez dejas que sea yo quien te ate.

Sam notó que Rafaele se retorcía bajo su cuerpo.

–Milo está con Bridie... –dijo él, arqueando una ceja.

Sam se puso en pie y le tendió una mano a Rafaele. Él la aceptó y se levantó del suelo, pero permaneció arrodillado sobre una pierna.

–Espera... Hay algo más –le dijo, y sacó algo de su bolsillo.

Le mostró un anillo de diamantes y la miró.

–Samantha, ¿quieres casarte conmigo? Os quiero más que a mi vida, a ti y a Milo.

Ella miró el anillo y las lágrimas afloraron de nuevo a sus ojos.

–Es precioso... –comentó con una amplia sonrisa–. Me casaré contigo, Rafaele –le dijo, y estiró su otra mano, temblorosa.

Rafaele le colocó el anillo en el dedo. Y así, salió de un doloroso pasado para adentrarse en un futuro prometedor.

Un mes más tarde...

Sam respiró hondo y avanzó por el pasillo de la pequeña iglesia que había en el *palazzo* que Rafaele tenía en Milán. Umberto era el padrino y caminaba a su lado sin bastón. Estaba mejor que nunca, especialmente los días que Bridie estaba alrededor...

Milo iba por delante vestido con un traje y lanzando pétalos de rosa al aire. De vez en cuando, miraba hacia atrás con una sonrisa, y Sam tenía que indicarle que continuara. La iglesia estaba llena de gente, pero Sam solo podía fijarse en el hombre alto que la esperaba en el altar. En un momento dado, Rafaele se volvió y sonrió. Sam lo miró y sonrió también.

Umberto entregó a la novia, y Rafaele la estrechó contra su cuerpo. Las palabras del sacerdote emocionaron a Sam. A pesar de que nunca se había considerado una persona religiosa, le parecía que aquella ceremonia servía para borrar definitivamente el sufrimiento del pasado.

Solo existían el presente y el futuro, y la enorme alianza que llevaba en el dedo. Rafaele se inclinó para besarla, y ella no pudo evitar derramar alguna lágrima.

Más tarde, mientras bailaban durante la fiesta que celebraron en una carpa que habían instalado en el jardín del *palazzo*, Rafaele dijo:

–¿Te he dicho lo bella que estás?

Sam sonrió.

–Cientos de veces, pero no me importa.

Y Sam se sentía bella de verdad. Por primera vez en su vida. Se sentía segura, sexy, y lo más importante, amada.

Milo apareció a su lado, y Rafaele lo tomó en brazos para terminar el baile de boda. Los tres unidos en un círculo de amor.

En una esquina de la carpa estaba Alexio Christakos, el hermanastro de Rafaele. Momentos antes, había pronunciado un discurso y había hecho reír a los invitados. Desde entonces, varias mujeres lo tenían rodeado esperando cualquier muestra de interés hacia ellas.

Alexio puso una mueca. Empezaba a asentir claustrofobia. ¿A quién trataba de engañar? Se había sentido así desde que Rafaele le había contado que iba a casarse y que tenía un hijo.

Negó con la cabeza otra vez y, al ver que Rafaele besaba a la novia una vez más, puso una mueca. Alexio la miró. Era una mujer bella, pero eso no explicaba por qué Rafael se ponía alerta cuando otro hombre se acercaba a ella.

Alexio se preguntaba cómo era posible que Rafaele no se diera cuenta de que seguramente había aceptado casarse con él solo por su riqueza. ¿Se habría quedado cegado por una buena sesión de sexo y había olvidado la lección más importante que habían aprendido de su difunta madre? Que el objetivo principal de una mujer era formar un hogar y buscar la seguridad de un hombre rico.

En silencio, Alexio le deseó a su hermano que fuera feliz. Y se prometió que intentaría no decirle «te lo advertí», cuando el matrimonio se rompiera. Además, tenía que reconocer que su sobrino era un niño simpático. Había estado jugando con él antes de la fiesta y lo había disfrutado. Aun así... Él no tenía intención alguna de seguir un camino similar pronto, si es que lo elegía alguna vez...

Alexio dejó de pensar en su hermano y en su nueva familia y se fijó en la multitud que tenía alrededor. Reparó en una mujer alta y esbelta, con el cabello oscuro. Ella lo miró y le dedicó una sonrisa de mujer seductora.

Alexio sintió que su cuerpo reaccionaba. No era la atracción más intensa que había sentido en su vida, pero ¿cuándo había sido la última vez que había experimentado algo así?

Alexio ignoró la vocecita de su interior y sonrió también. A pesar de que ella ponía una expresión triunfal por haber llamado la atención del soltero más deseado de la sala, Alexio ignoró el sentimiento de vacío que lo inundaba y se acercó a ella.

* * *

Podrás conocer la historia de Alexio Christakos en el segundo libro de la miniserie *Hermanos de sangre* del próximo mes titulado: EL PODER DE LA TENTACIÓN

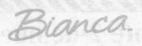

Nunca, nunca, salgas con el jefe

El millonario de la minería Damien Wyatt vivía siguiendo una regla: nunca más de una noche. Pero cuando Harriet Livingstone, la mujer que había destrozado su coche deportivo, apareció ante él en una entrevista su asombrosa belleza lo tentó, así que le robó un beso y ella le borró la sonrisa de la cara de una buena bofetada.

Harriet Livingstone no habría aceptado el trabajo si no estuviera desesperada, lo último que quería era involucrarse con el atractivo pero arrogante Damien. Mantener su relación fuera del dormitorio se estaba convirtiendo en una batalla… una que ninguno de los dos quería ganar en realidad.

Una excepción a su regla

Lindsay Armstrong

Acepte 2 de nuestras mejores novelas de amor GRATIS

¡Y reciba un regalo sorpresa!

Oferta especial de tiempo limitado

Rellene el cupón y envíelo a

Harlequin Reader Service®

3010 Walden Ave.

P.O. Box 1867

Buffalo, N.Y. 14240-1867

¡Sí! Por favor, envíenme 2 novelas de amor de Harlequin (1 Bianca® y 1 Deseo®) gratis, más el regalo sorpresa. Luego remítanme 4 novelas nuevas todos los meses, las cuales recibiré mucho antes de que aparezcan en librerías, y factúrenme al bajo precio de $3,24 cada una, más $0,25 por envío e impuesto de ventas, si corresponde*. Este es el precio total, y es un ahorro de casi el 20% sobre el precio de portada. ¡Una oferta excelente! Entiendo que el hecho de aceptar estos libros y el regalo no me obliga en forma alguna a la compra de libros adicionales. Y también que puedo devolver cualquier envío y cancelar en cualquier momento. Aún si decido no comprar ningún otro libro de Harlequin, los 2 libros gratis y el regalo sorpresa son míos para siempre.

416 LBN DU7N

Nombre y apellido	(Por favor, letra de molde)	
Dirección	Apartamento No.	
Ciudad	Estado	Zona postal

Esta oferta se limita a un pedido por hogar y no está disponible para los subscriptores actuales de Deseo® y Bianca®.

*Los términos y precios quedan sujetos a cambios sin aviso previo. Impuestos de ventas aplican en N.Y.

SPN-03   ©2003 Harlequin Enterprises Limited

SOLO OTRA NOCHE

FIONA BRAND

Nick Messena había estado con muchas mujeres en los últimos seis años, pero no había conseguido aplacar el deseo que sentía por Elena Lyon. La noche que hicieron el amor, sus familias se vieron envueltas en un escándalo que provocó que Nick se lo replanteara todo. Pensó que no volvería a tenerla... pero un secreto familiar volvió a unirlos.

Elena había florecido, convirtiéndose en una mujer espectacular. Nick la deseaba... ¡para otra noche y algunas más!

*Se suponía que iba a ser solo
una aventura de una noche*